연변동서방문화연구회 편찬

리상각 시전집

(제1권 서정시 편)

연변동서방문화연구회 편찬

리상각 시전집

리 상 각 著

한국학술정보㈜

서 문

평생 시를 써왔다. 시에 대한 애착과 허영심에서 시 창작에 집착했다. 한 수의 시를 쓰는데 무척 힘이 든다. 머리에서 김이 나도록 애를 태우며 밤을 새우기도 했다. 자아만족을 느낄 때까지 수개한다. 그러나 며칠 지나 읽어보면 보잘 것 없는 자신의 작품에 실망하기도 한다.

창작초기에는 그래도 자신의 진실한 감정을 읊었지만 오랜 세월을 두고 배짱대로 시를 써보지 못했다. 굴곡적인 문학의 길을 걸어왔기 때문이다. 게다가 기성시인으로 된 뒤에는 시가 쉽게 발표되고 많이 발표되었으므로 따라서 오작품도 적잖게 발표됐다.

이제는 고희에 이르러 시 농사를 돌아보니 쭉정이가 많다. 전집이나 선집을 낼만한 가치가 있을까? 주저하다가 사료적인 경지에서라도 묶어두는 것이 필요하리라 생각되었다. 하지만 나에게도 독자들의 사랑을 받는 시가 없는 건 아니다. 수십 년 세월이 지난 뒤에 나 자신을 즐겁게 해주는 시도 있다. 아마도 이런 재미로 시를 쓰나보다.

시 전집은 창작연대 순서로 묶었다. 개인숭배나 착오노선의 가송 같은 잘못된 작품은 될수록 배제했다.

나는 내가 태어난 모국을 사랑하며 나를 키워준 중국을 사랑한다.

시 전집을 출판해주신 한국학술정보(주) 사장님께 거듭 고마운 인사를 드린다.

- 리상각

▌차 례▐

1975-1980년 편

1981-1985년 편

평 론

1956-1965년 편

아 침

유순한 안개가 지평선을 지우네
구름 없는 하늘은 푸른색 그것뿐
이슬 맺힌 풀과 나뭇잎들이
아침 햇살에 한결 더 푸르고
나팔꽃이 저의 때를 즐기누나

맑고 시원한 공기를
넓은 가슴에 한껏 들이키면
오늘 할 일이 또록또록 떠오른다
새 힘을 돋우는 상쾌한 아침은
언제나 좋아라 희망찬 청춘과도 같이

빨래하는 처녀

맑은 냇물은 깨끗한 강바닥을
쉼 없이 가는데
무더운 여름철 냇가에서
꽃 같은 처녀 빨래를 하네

방치소리 찰딱찰딱
산으로 마을로 찰딱찰딱
비누거품은 분주히 흩어지고
처녀의 얼굴 냇물에 어리네

그러나 처녀는 모른다네
시원스레 내려치는 방치소리
총각의 마음을 건드리는 줄
찰딱 소리 총각을 애태우는 줄

수박밭에서

진분홍치마에 연두색저고리
넝쿨을 조심조심 살짝살짝 넘겨 딛네

치렁치렁 머리채 밭 가운데 멎어서고
덩실한 수박들이 저절로 굴러갈듯

밭머리 오솔길을 천천히 에돌면서
내 조용히, 나직이 사랑의 노래 불렀네

그러나 처녀는 보고도 못 본 척
가볍게 돌아앉아 수박만 튕기네

저의 아름다움 뽐내는 셈인지
시원 슬슬 달콤한 수박이 무척도 좋은지

속으로 붉게 익은 수박은 잘도 고른다만
붉게붉게 타 번지는 내 마음은 몰라주네

향토서정

밭갈이 가는 길

봄빛이 감도누나
밭갈이 가는 길에

불긋불긋 진달래꽃
사원들을 반겨주네

종다리 높이 떴다
봄노래를 부르며

이랴 낄낄 어서 가자
발걸음을 재우쳤네

논꼬 물

논판에서 논판으로
논꼬 물은 조—졸졸
고루고루 흘러드네
푸른 벼를 건드리며

어서 빨리 키우자고
노래하듯 속삭이니
삽을 메고 멈춰선
내 가슴도 조—졸졸

세벌 논김 다 매고

세벌 논김 다 매고
푸른 논판 둘러보네

후련한 마음으로
대풍년을 장담하며

논둑 봇둑 걷는 마음
걸음보다 마음 앞서

개울까지 달려 나온
아들을 얼싸 안네

점 심

낫 놓고 둘러앉아
가을점심 떠먹으니
꿀맛일세 꿀맛일세
가을점심 꿀맛일세

각시 지은 밥이래서
한결 구미 돋우는가
주고받는 풍년 담에
웃으며 한 알 씹어보네

탈 곡

와릉와릉 탈곡소리
들판으로 질주하니
우루루－참새 떼는
나무에서 날아가네

어절씨구 풍년가는
하늘땅에 가득 차고
마음마다 흥에 겨워
일손들은 번개 같네

씨 름

본때 있게 넘길 테다
우쭐대는 사람아

뚝심이면 단줄 알고
늙은 사람 얕보느냐!

노동에서 굵어진 뼈
젊은이를 이겨내고

나도 늙지 않았음을
여럿에게 보일 테다

그 네

구경꾼 꽃밭 속에
숫처녀 그네 뛰네

한 번 슬쩍 두 번 슬쩍
그넷줄을 구르며는

저 멀리 날아갈듯
총각들을 애태우네

널뛰기

쌍태머리 두 처녀
성수 나서 널을 뛰네

옹골 차게 굴러주고
살짝 높이 떠오르는

꽃 같은 처녀들아
어느 총각 고를 테냐

나리꽃

푸른 밭
사래 찬 이랑 끝에
빨간 나리
나리꽃에 밭머리 타다

오며 가며
매고 나는 푸른 밭에서
경쟁에라 모범에라
소문난 그대

허리 펴고
일손으로 땀을 훔치니
저녁노을 물들었다
머릿수건에

붉게붉게 타는 마음
들에 나리꽃
아름 따라
그대 품에 안겨주고 싶어라

그대에게

내 여태껏 그대의 모습보다
아름다운 그림은 찾아보지 못했노라

내 여태껏 그대의 마음보다
정다운 애정시는 읽어보지 못했노라

내 만약 아름다운 그대 모습 그린다면
그대의 정다운 마음씨는 어이하랴

내 만약 절절한 사랑의 시 쓴다면
샘물마냥 용솟음쳐 붓을 놓지 못하리

여름은 좋아요

돌각담이 찔찔 녹는 삼복에
검둥이 혀를 물고 그늘에 찾아들지요
물고기는 물 위에서 입을 쩝쩝 다시지만
푸른 벼는 쭉-쭉- 허리 펴며 자라지요
찌는 듯 무더운 여름은 좋아요

흐르는 땀에 젖어 호미 날이 번뜩
땡볕에 잡초가 씰씰 쓰러지지요
일하다 쉬는 참 목이 갈하면
원두막에 들리어 수박추렴하지요
내 고향의 무르익은 여름은 좋아요

"어-올해 여름은 무척 덥구나."
앞섶을 헤쳐 놓고 반기는 그 말에
개꼬리 내민 강냉이 키를 넘지요
풍년이 소리치며 달려오는 계절
즐거움이 넘치는 여름은 좋아요

울 밑으로 구우는 덩실한 애호박이며
텃밭의 올감자로 장을 지져놓구요
두 볼이 미여지게 상추쌈도 싸자요
점심참 풋고추를 듬뿍 뜯어가지고
집으로 들어서는 여름은 좋아요

산새 숲 속에서 노래 부르니
물새 실버들가지 잡고 그네 뛰지요
물밑의 모래알도 셀 수 있는 맑은 물은
고기떼 은빛비늘 번뜩이는 양어장
아름다운 내 고향의 여름은 좋아요

번개 번쩍 우레 울고 소낙비는 쏴―
들판을 안아갈듯 기승 부려도
일손을 멈출 줄 모르는 우리 사원
긴긴 여름해도 언제 간줄 모르지요
들에서 일하는 여름은 좋아요

풍년가을걷이

논물을 뗐다
기러기 날고
도랑으로 와-달려간 아이들이
물고기를 마구 움켜내는데

낫을 든 사원들
노래도 흥겹게
길섶의 장꿩을 날려 보내며
눈이 시게 누-런 황금바다에 뛰어드네

만지면 튕길 듯 영근 벼이삭이
서늘한 가을바람에
스르르 솨-솨-
기쁨에 찬 사원들을 부르누나

즐거운 노래를 넘쳐 싣고
논두렁을 지우며
지평선에 밀려갔다 밀려오는 황금물결이
공사의 넓은 벌을 자랑하는가

가슴에 척척 볏단이 안기는
흐뭇한 마음, 일손도 잰데
올해의 가을걷이엔
신작로 미여지네, 기쁨이 넘치네

뜨락에 달빛이 차고

뜨락에는 은은한 달빛이 차고
내 가슴엔 절절한 그리움이 넘치네

봄바람이 살구나무가지 흔드니
귀밑머리 만지던 그대 손길 생각나

정다운 목소리 창문에 울리는가
내다보니 둥근달이 빙그레 웃는구나

그대 사진 손에 쥔 채 잠들었더니
꿈에는 달을 안고 속삭이었네

그대가 아니라면

그대가 아니라면
사랑이 무언지 내가 알랴

그대가 아니라면
행복의 무게를 내가 알랴

그대는 해님과도 같이
내 사랑 꽃이 피게 했나니

그대여, 그대와 인연을 맺으려고
우리는 세상에 태어난 것 같구나

냇가에서

주절대는 개울물은
그대가 놀리운 게 아닌가요

내 가슴 그대로 하여
높뛰고 있는데

두둥실 떠오르는 보름달은
누가 우리에게 보내 준 황금공인가요?

뜨겁게 맞잡은 손과 손에는
둥글게 가득 찬 사랑이 있는데

내 만약 평심원이라면

당신의 아름다운 노래는
길손의 발걸음을 멈추게 하고

당신의 아름다운 노랫소리에
지저귀던 뭇 새도 조용해집니다

당신의 노래가 내 간장 녹이는데
사랑의 불길마저 온몸을 태우는구려

내 만약 세계축전 평심원이라면
당신에게 금질 메달 드리오리다

기 약

닷새 만에 한 번씩은 만나자구요
천금같은 기약이 있었지마는

이내 가슴 짓 죄이는 이 한 시각에
비방울이 창문을 때립니다려

녹음방초 우거진 시내강변에
사랑하는 내님이 어찌 오시나

찬 빗살 헤치며 임 마중가면
붉게 타는 이내 마음 알아줄 테지

별들이 쏟아지는 밤

밤하늘에 별들이
쏟아질듯 총총한데
그대를 그리며
나 홀로 거리를 헤매이네

사랑하는 이를 찾아가는 듯
가도 가도 끝없는 생각
환상으로 가득 찬
황홀한 이 밤에

내 귀와 눈은 유별나게 밝아
멀리 있는 그대의 목소리를 들으며
행복으로 수를 놓은
아름다운 그림을 보네

잠마저 앗아 갔네

사랑하는 나의 미례
무척도 그리워
설레이는 마음을
무엇으로 풀어야 하나

가슴에 품은 사진
꺼냈다 넣었다
한 달 전에 온 편지도
몇 번이고 읽어봤더니

그리운 마음은
오히려 깊어가고
사랑하는 그대는
잠마저 앗아 갔네

영화 보나 그림 보나

영화 보나 그림 보나 노래 들으나
나는 항상 그대 생각 가득하여라

훌륭한 영화에서 아름다운 그림에서
즐거운 노래에서 그대를 보는 듯

장미꽃도 울고 갈 그대의 모습
은구슬 굴리는 그대의 목소리

세상에 듣고 본 것 적지 않다만
그대의 아름다움 따르는 것 없어라

가을밤

탈곡장에 휘영청 달이 밝는다
알찬 낟알 금빛으로 반짝이는 밤
보란 듯이 높이 솟은 벼 무지 곁에서
도란도란 들려오는 처녀총각 속삭임

금 쟁반에 은구슬을 굴리는 듯
청산에 맑은 샘 흘러가는 듯
백년가약 뜨거운 손과 손을 맞잡고
즐거웁게 속삭이는 불타는 사랑

이른 봄 밭 갈고 씨 뿌릴 때부터
경쟁에라 모범에라 앞장을 다투더니
황금 벼 폭포마냥 쏟아져 내린
풍요한 가을에는 연분이 들었네

나날이 번영하는 고향과 함께
꽃피는 사랑이 오고 가는 마음에
희망찬 앞날을 눈앞에 그리며
다함없는 행복의 금물결 설레는가

고요한 가을밤 소리 없이 깊어 가도
처녀총각 헤어지기 아쉬운 듯 아쉬운 듯
황금 벼를 손에 들고 탈곡장을 못 떠나니
달빛 아래 진주낟알 반짝이며 웃는다

숭선 시초

대골령, 소골령

고개 너머 또 고개
자동차도 헐떡이는 백오십 리 산길
대골령, 소골령 열두 고개 높아도
두메사람 문턱 나들듯 하거니

울긋불긋 단풍이 든 금발머리 산에
은빛 나는 샘물 줄기차게 흐르는데
엽총 멘 포수군 곰 하나 잡아놓고
달리는 자동차를 불러 세웠네

황소 같은 곰을 어루만지며
웅글진 목소리로 포수가 하는 말
"따사로운 빛발 이 고장에 비쳐와
우린 산에서 곰 잡고 물에서 용 쫓는다오"

어서 가자 트럭이여 영웅들의 마을로
아, 숭선향 자랑 많은 산향이여
너의 품에 자라난 영웅은 얼마이뇨?
너의 품에 간직된 기적은 얼마이뇨?

산간마을

산비탈에서 나뭇단을 툭 차면
뜨락으로 굴러든다는 두메
도목나무 때고 이밥을 먹는다는
살기 좋은 숭선향 자랑도 많아

청룡인 듯 굽이치는 도문강물 끌어올려
고원 위에 기름진 옥답을 풀었다네
물 떨어지는 곳에 발전소 세우고
동구밖에 정미소 앉혔는데

오곡백과 무르익는 팔월에는
넘실대는 오곡의 설레임도 듣기 좋지만
풍년가을 콸콸 쏟아지는 옥백미는
바라만 보아도 배 부르다네

오십 평생 이 고장을 떠난 적 없는
노인은 모범으로 북경을 다녀오고
수도에서, 연길에서 귀한 손님 찾아와
오가는 정 날마다 두터워만 지네

저녁이면 뭇별이 쏟아져 내린 듯
집집의 창문마다 전등불 눈부신데
기쁜 소식 알리는 라디오 틀어놓고
두메에서도 북경의 목소리를 듣네

작두바위

도문강기슭에서 쳐다보니
푸른 하늘에 잇닿은 고원이더니만
오불꼬불 산길을 톺아 오르니
고원 위에 원봉벌이 딴 세상 펼쳤네

아, 날개 없는 물이 어찌 벼랑을 올랐느냐?
황금벼가 어찌 고원에서 자랐느냐?
벼 가을에 성수 난 숭선 사원들
대대손손 갈망하던 소원을 이뤘거니

깎아지른 작두바위 휘어잡고
발아래 산하를 굽어보니
풍년 수 출렁이는 십리 길 배다리
작두바위 허리에 은띠를 둘렀는데

추풍에 황금빛 옷자락 날리는
원봉벌이 넘실넘실 흥겨워 춤추고
벼랑을 탕탕 치는 도문강 푸른 물이
강산에 이름난 영웅들을 노래하네

도흥관

철모르는 시절에는 무지개 잡으려고
뛰어가도 뛰어가도 허사더니만
오늘은 홍기하 강반에서
무지개 가로 타고 도흥관을 노래하네

항일용사들이 왜적을 물리치며
승리의 기발을 휘날리던 홍기하에
오늘은 3백 미터 가로놓인 도흥관
찬란한 무지개로 비껴있나니

이른 봄, 차디찬 얼음 밑으로
무거운 철관을 메어 나른 청년들
가파른 벼랑으로 모래 나른 여성들
물밑 철관 속에서 일하는 투사들이 보이는 듯

낮과 밤을 이어대는 결사적 투쟁으로
도문강물, 홍기하를 타고 넘어 흐르거니
상천벌에 넘실대는 황금파도는
그대들의 불타는 넋이 아닌가

숭선향 돌격대 대원들이여
이 고장에 만년행복 소리높이 불러오는
도흥관-홍기하에 뿌리박은 무지개는
영원히 그대들의 이름으로 빛나리

은하교

숭선향 젊은이들 공중 배를 타고
천상에 날아올라
은하수를 기울어다 남석벌을 적셨다는
전설 같은 참말을 들어왔더니

백오십여 자 높은 허공중에
이백 미터 가로놓인 은하교
하얀 물새 떼 너울너울 날아드는
옥석하를 건너 벼랑을 뚫고 나갔네

약진가 우렁차게 붉은기 휘날리며
충천하는 열의로 만난을 박차고
일떠세운 배다리 은하교에 올라서니
구름타고 둥실 선간으로 찾아온 듯

기적을 쌓아올린 영웅들을 생각하니
건너편서 직녀가 마중 나올 듯
눈을 들어 멀리 바라보노라면
남석벌 벼 파도 넘실넘실 반기누나

벌을 지나 팔백 미터 새로 산굴 뚫으면
리수벌 사백쌍도 손에 잡히리니
대지에 진주낟알 뿌리는 은하교
너는 정녕 황금산에 건너가는 행복의 다리

만년거도

백룡산을 뚫고 왔다 도문강 푸른 물
즐거웁다 와-와-소리쳐 웃는구나
우리네 땀을 모아 흘러가는 만년거도
두 손에 그 물결 움켜보는 마음이여

해맑은 너의 눈엔 꽃구름 담았구나
공사벌 한복판을 쭉-가르고
달리며 춤추는 만년거도
환락에 감뛰며 만년행복 부르는가

너는 새봄을 노래하는 가수
우리 노래에 반주하는 가야금
만년거도여, 네 노래에 취한 듯
청제비도 물을 차고 하늘을 난다

너는 봄밭갈이 재촉하는 채찍
처절썩 봄물이 기슭을 치니
"음머-" 영각하는 둥글이 보습을 끈다
"투둥퉁-" 트랙터 대지를 구른다

만수천산

어머니 조국 땅 만수천산이여
그대의 샘물은 내가 마신 것이기에
맥박 치는 혈맥에 정열이 넘치노라
천만갈래 줄기찬 그대의 강물처럼

설레는 밀림은 청춘의 숨결인가
사나운 풍설에도 들놀지 않는
고산준령의 장엄한 기개는
굴함 없는 투지로 나를 길러 주었더라

그대의 품에 안긴 진귀한 모든 것
꽃이며 새들이며 인삼과 노루 사슴도
나와 함께 즐거이 웃으며 뛰놀거니
그대 품을 떠나서는 행복도 없노라

울창한 밀림에도 고산준령에도
선열들의 더운 피 스며있나니
천만갈래 강물에도 한 줌의 흙에도
위대한 인민의 혁명정신 빛발 치나니

이글이글 불타며 솟아오른 태양처럼
그대의 품에 태어난 나의 심장도
낙원을 꽃 피우고저 만수천산이여
나를 낳아 길러 준 그대에게 바치리라

황금계절

1

지붕에 하-얀 서리 내리고
도랑으로 살얼음 살짝 건너간
가을의 푸름한 새벽 첫 추위
오싹 옷깃으로 스며드는데

반백의 머리 위에 흰 서리 내렸어도
일에 들어 젊은이와 힘 겨루는 김 영감
새벽을 들깨우며 목을 해우는
닭 우리 쪽문을 훨훨 열어주고

둥글이를 수레에다 제꺽제꺽 메우며
잔사설 많은 늙은이 중얼거리네
"이웃 집 애들은 벌써 일어나
마당을 쓸어놓고 탈곡장에 나갔는데"

"무슨 놈의 잠 귀신 그리도 둔하냐?
약진에 세워진 수력탈곡기에
운반이 탈곡을 따를 수 있어야지
잠을 깨라 이 애야 밭에 어서 나가자"

핀잔에도 대답 없어 방문을 벌컥 여니
아들은 어느 결에 일밭으로 나갔나
이부자리 개어 얹은 이불장을 쳐다보며
김 영감의 곰방대 무릎 위에 장단 치네

2

남으로 날아가는 기러기 끼룩끼룩
무연한 벌판에 풍년타령 들썩
조배긴 벼 무지들 웅기중기 솟아나고
밭 가운데 허수아비 시름없이 서있네

이랴낄낄 소 수레 몰고 나온 김 영감
한다하는 둥글이도 걸음 뜨다며
지게까지 걸머지고 논판으로 나왔는데
아들은 열심히 볏단을 쌓고 있네

몇 하지나 묶었느냐, 몇 동이나 쌓았느냐
초중을 갓 나올 땐 애송이더니만
이제는 실농군, 억대우 같은 아들 보고
김 영감 입가에 웃음이 벙글

뼈 쑤시는 찬물에 선참 뛰어들어
밭갈이도 써레질도 본때 있게 해제치고
노농들과 꼬치꼬치 캐어물으며
밤을 새워 논물 보던 네가 아니냐

태산 같은 벼짐을 버쩍 지고 일어서며
황금 수레 몰고 가는 김 영감의 속궁리
―내 마을에 만풍년 들었으니
올가을엔 아들을 장가도 보내야지

3

"입담배도 피우며 쉬엄쉬엄 하세요"
흘러내린 귀밑머리 쓸어 올릴 새 없이
탈곡기에 솜씨 나게 벼단 먹이며
일손 좋은 처녀들 생글생글 웃네

"아서라 너들이나 땀을 들여라"
지게 짐 비스듬히 작대기로 받쳐 놓고
김 영감은 한단 두 단 벼단 섬기며
은근히 며느릿감 넘겨보았네

다그치는 일손들에 볏단이 날아들고
콩마당엔 도리깨장단 듣기 좋은데
높아가는 곡식더미 눈이 시게 바라보면
노적가리 위에 걸린 해님도 벙글

풍채 끝에 쫘르르… 떨어지는 낟알소리
아, 탈곡장에 마구 쏟아지는 노다지
뒤주마다 가득가득 채워 넣은 곡식을
오며 가며 만져보는 흐뭇한 마음

추수라 탈곡이라 일손이 바빠도
살기 좋은 고향마을 자랑이 많아서
처녀애들 듣기 좋게 풍년타령 넘기고
김 영감은 흥이 나서 어깨를 으쓱이네

                    4

호박넝쿨 박 넝쿨 얼크러져
싸리나무 울바자 기우뚱 무너졌다
처마 밑엔 마늘다래 고추다래 치렁치렁
아낙네들 통배추김치 독에 해 넣는데

꼬꼬꼬ー수탉은 날개를 퍼덕이며
점심때라 사원들을 불러들이네
머릿수건 벗어들고 툭툭 옷을 털며
모두들 일손을 멈추었을 때

라디오는 왕왕 기쁜 소식 알리고
웃음소리 와그르르 골목으로 흐르는데
집집의 찬장에는 기름기가 반지르르
밥상 위엔 흰 김이 서려 오르네

고깃국 찜 쪄 먹을 구수한 토장국
새알당콩 오르르 군침 도는 햇이밥
슬슬 녹는 가을점심 꿀맛이어서
술목이 부러지게 푹푹 떠 넣으며

주먹구구 따져 봐도 놀라운 초산이라
떡호박 먹으며 아들이 하는 말
"올해엔 여량 팔아 부모님에게
명주비단 나들이옷 갖춰 드리겠어요"

                    5

"아이구나 실루 그건 뭘 가져옵네"
"많지는 않소만 생원이 맛보라구"
고구마 한 소래 가져 온 우물집
정짓간에 들려오는 도란도란 말소리

"이보 듣소, 그 집에 마늘 한 접 보내오"
방 문턱 건너보는 김 영감의 말에
"그거야 내 언녕 생각했지비"
안팎이 손이 맞아 깨가 쏟아지겠네

어느새 어느 틈에 찾아왔는가
뜨락에 잎 지는 돌배나무 밑에서
깔깔 웃어대는 음전한 처녀와
아들이 함께 앉아 주고받는 말
"남의 일을 오뉴월에 손 시리듯 해서야
그게 어디 사원네들 마음인가요"
"곤난호도 오보호도 돌봐줘야지"
"국가에다 우리네 여량을 팔아야지"

저들끼리 즐기라고 자리뜨기 잘하던
김 영감은 오늘따라 참지 못하고
"음, 음" 마른기침 떼고 나가 하는 말
"사회주의 공업건설 지원해야지!"

6

아들이 몰고 가는 공량수레 앞서고
아버지 몰고 가는 여량수레 뒤따르고
왈랑절랑 양점(粮店)으로 찾아가는 길
이어이어 꼬리 물고 가는 수레 끝은 어디?

동이에다 샘물을 길어가는 처녀들
옷고름 어깨너머 슬쩍 집어 넘기며
흐르는 물방울 손등으로 씻으며
노을을 지르밟고 아침인사 보내네

살얼음 밑으로 달리는 개울물
산향에 맑디맑은 음향 남기며
내 앞서 가겠노라 주절대는데
황금 수레 양잠(糧店)에 벌써 닿았네

적성을 꿍꿍 다져넣은 가마니에
올라가는 저울추 바라보면서
가슴속에 울렁이는 아들의 자랑
고목에도 꽃이 피는 아버지의 기쁨

꽃 천을 가득 싣고 돌아오는 저녁에
"이 애야!" 소를 모는 아들을 불러놓고
행복에 들뛰는 가슴을 짚으며
김 영감은 그저 싱긋 웃어 보이네

풍년메나리

산에 난 머루는 찬이슬 기다려도
과원의 사과배는 큰 애기 손 기다리네
아이구나 데이구 성화가 났네

과원의 처녀야 네 마음 몰라서
공사의 저 총각 꿀물에 목이 멘다
아이구나 데이구 성화가 났네

백년의 가약은 그 언제 맺을까
공구량 바치고 오는 길에 맺었지
아이구나 데이구 성화가 났네

산에도 들에도 대풍년 들어서
올해의 잔치엔 상다리 부러질라
아이구나 데이구 성화가 났네

노 래

백발이 싱싱한 경로원 늙은이
서느런 느릅나무 그늘에 앉아
날마다 젊어가는 세월이 좋아서
퉁소를 부는 소리 삘리리 삘리리

생활의 단꿀이 철철 차 넘치는
인민공사 고향에 울려 퍼지니
줄기찬 냇물도 가야금을 타고
양봉장 꿀벌도 흥이 나서 시를 읊네

넘치는 환락을 두둥실 담아
불러도 다함없는 행복의 노래에
해란강반 오곡이 너 넘실 반기고
장백산 백학이 너울너울 춤추누나

지난날 지주 놈의 양떼 몰고 다니며
설음과 원한의 피리 불던 늙은이
오늘은 낙원의 신선이 되어
깊디깊은 당의 은정 노래하거니

주름살 펴지며 싱글벙글 웃는
늙은이의 뜨거운 마음을 얼싸안고
청아한 노랫소리 강 건너 산 너머
북경으로 울러가네 삘리리 삘리리

약수동

얼마나 많은 이야기 깃들었느뇨?
얼마나 많은 용사 결사전에 나갔더뇨?
왜놈들의 군화소리 어지럽게 들릴 때
항쟁의 횃불을 높이 든 산간마을이여!

혁명가의 정열인양 끝없이 용솟는
약수동의 샘터에 조용히 귀 기울이면
바다의 파도인양 물결치는 숲 속에서
유격대의 우렁찬 노랫소리 들려오는 듯

기발을 휘날리는 산마루마다에
활활 세차게 일으키던 봉화며
번쩍이는 창칼을 뽑아내던 야장간도
아름다운 노래같이 자랑높이 전해지고

간악한 원수 앞에서 혀를 물어 끊으며
혁명의 비밀 지킨 여인은 잠들었구나
우짖는 산새 날아드는 산비탈에…
푸르른 소나무는 그대의 절개인가!

흰 구름 꿰지른 산마루에서
돌베개 베고 자며 공산주의 꿈꾸고
냄비에다 고사리를 끓이면서도
소리 높은 웃음으로 가시덤불 헤치던…

아, 낭만이 나래치는 밀영의 오락에
짚신이 해지는 줄 모르게 즐기다가도
원수를 까눕히는 처절한 싸움에
맹호 같이 적진으로 돌진했거니

왜놈들의 간담을 서늘케 하던
깊숙한 골짜기여, 우거진 초목이여
유격대용사들의 갈한 목 추겨주고
싸움터에 전송하던 약수동의 샘물이여!

오늘은 선열들의 불타는 신념이
꽃피고 열매 맺는 이 땅에서
새 세대는 아름다운 낙원을 꾸리며
그대들의 영원한 넋을 노래하누나

얼마나 많은 이야기 깃들었느뇨?
얼마나 많은 용사 결사전에 나갔더뇨?
선열들의 발자국에 꽃송이 피어나는
약수동의 혁명기상 끝없이 빛발치어라

부암팔경

산은 첩첩 둘러서서 병풍신이요
물은 술렁 깊어서 구수하로다
녹수에 둥둥 백운이 비껴 흐르고
청산에 훨훨 수리개 높이 떴구나
아하, 네로구나 부암팔경이
산수 좋아 절승경개 분명하구나

노래는 창창 산 너머 울려 퍼지고
비둘기는 펄펄 비둙바위에 날아드누나
오곡은 너 넘실 옥토에 넘쳐흐르고
과일은 울긋불긋 산기슭에 주렁졌어라
어화, 좋구나 공사마을에
행복의 꽃송이 활짝 폈도다

산 위에 둥실 봉이 앉아 두르봉이냐
행로에 우뚝 형제바위 비껴 섰구나
형제민족 쌍쌍 일터로 오가는데
환락이 철철 차 넘침은 뉘 덕이뇨
아하, 안개타고 두르봉에 올라서니
북경성 보고픈 마음 더욱 간절타

일장검 번쩍 높이 쳐든 도끼봉
연길폭탄 쾅쾅 날아들던 금광이로다
처처에 항일투사 발자취 완연한데
도끼봉은 왜적을 물리친 용장이런가
어화, 부암팔경에 일편단심 붙이고
번영하는 조국강산 지켜 가리라

소낙비 내린 뒤

억수로 퍼붓던 소낙비 뚝 그치자
푸르른 논판에 노랫소리 들썽
매지구름 저 멀리에 그림자를 던지며
언덕 넘어 바쁠세라 사라져가라

왈왈 차 넘치는 개울을 찾아
삐뚝 빼뚝 달아나온 하-얀 집오리 떼
거품 이는 물에서 곤두박질치고
실버들들은 함초롬히 미역을 감았구나

비에 씻긴 푸른 산은 가까워 보이고
파-란 하늘에 쌍무지개 섰다
휘넓은 대지를 그러안듯 기음매니
푸른 벼 쭉쭉 허리 펴며 자란다

초원에서 뛰노는 살진 송아지들
궁둥이에서 기름이 뚝뚝 떨어질 듯
물 찬 제비 씽씽 화살같이 나는데
깨끗한 호수만은 또 다시 잠잠-

벼 포기 포기마다 진주이슬 구을고
밭머리에 함박꽃 놀란 듯 활짝 폈다
황금해살 눈이 시게 쏟아져 내려
번개며 우레가 있었던가 없었던가

새 힘 솟는 팔다리 불씬 걷어 올리고
고향 벌에 뿌리박은 무지개를 마중가나니
금 풍년아 펄펄 내 고향에 날아들라—
기음매는 일손이 번개를 탄다!

당을 따르는 마음

어머님은 나를 낳고 복 받으라고
하느님께 정성껏 빌었다지만
기구한 세상에 태어난 나도
머슴살이 신세를 벗지는 못했쇠다

여섯 살, 잔뼈가 굳기도 전에
등짐을 지는 것을 배웠고
설음과 눈물을 말없이 삼키며
머슴살이 서른 해를 지냈쇠다

돼지 같은 지주 놈을 살 지우느라
내 등에 흐른 땀은 늪이라도 되련만
그 놈의 채찍에 얻어맞은 이 몸은
핏자국이 항상 마를 줄 몰랐쇠다

한 치 땅도 권리도 자유도 없이
말과 글과 이름까지 모조리 빼앗기고
벙어리로, 소경으로 마소같이 살면서도
사무친 원한을 하소연 할 곳 없던 세월

아, 생각만도 몸서리치외다
망할 놈의 세상은 끝내 없어지고
저주로운 원수 놈들 쓰러졌쇠다
당이여, 은인이여 당신이 오셨기에

내 가슴 지지누르던 학대도
노예의 고역에 시달리던 설음도
영원히, 영원히 자취를 감췄쇠다
당이여, 은인이여 당신이 오셨기에

어머님도 나의 신세 고쳐주지 못했고
하느님도 나의 고통 덜어주지 못했지만
당신만은 나에게 기쁨을 주었쇠다
당이여, 은인이여 자자손손 못 잊으리다

보십시오, 내 고향 그 어디를 가나
만사가 척척 당신의 뜻대로 꽃피외다
오붓한 살림에는 웃음이 안 떠나고
행복한 마음에는 노래가 넘치외다

저녁이면 집집마다 해달 같은 전등 밑에
즐거운 이야기 깨알로 쏟아지는데
낫 놓고 기윽자도 모르던 내가
책을 펴고 농학을 연구하외다

일하기도 좋고 살기도 좋은 세상
한숨과 슬픔을 모르는 아들애는
'착취'가 무언가 신기하게 묻지요
그러면 내 눈물겨운 옛말을 들려주외다

아, 지옥의 어젯날엔 피눈물을 흘렸건만
당신이 계신 오늘은 웃음으로 보내오니
당신이 우리를 인도하는 내일은
또한 그 얼마나 황홀하리까

벽해가 말라서 평지로는 될 수 있어도
당신을 따르는 마음 일편단심이 오니
당신이 가리키는 눈부신 길을 따라
자자손손 대를 이어 나아가리다

찬 송

감격의 눈물을 머금고
감사를 드리노라 그대들에게
장백 청송도 머리 숙여 인사드리고
창창 밀림도 그대들을 찬송하노라

두만강 사나운 물결이
우리나라 소녀를 휘감아갈 때
살같이 달리는 열차에서
맹호같이 뛰어내린 조선청년들이여

엄동설한에 돌부리 튄다는
산골의 매서운 강추위에
뼈골이 저려드는 찬물에 뛰어들었어도
그대들의 심장 불같이 뜨거웠거니

찡-찡 부딪치며 떠 흐르는
성엣장을 맞받아 40미터
열두 자 깊은 물길 헤치고
위기일발의 고비를 뛰어넘어

나어린 소녀를 죽음에서 건져 낸
아 영웅 조선의 손길
형제 벗들에게 목숨으로 지원하는
조선청년의 의로운 손길이여

젖은 의복이 살결에 얼어붙고
자갈밭이 얼어터진 살점을 뜯어내도
추위와 아픔과 죽음을 박차고
그대들은 소녀를 업어왔거니

병상에 누워 까무러치다가도
파랗게 질린 입술을 열어
소녀의 생명을 다그쳐 먼저 묻는
조선인민의 뜨거운 마음이여

초연 자욱한 불바다 속에서
지원군은 조선의 어린이를 업어냈고
우리의 국제주의전사 라성교
목숨 바쳐 조선소년을 구해냈더니

그대들은 두만강 기슭에
아름다운 친선의 꽃 활짝 피웠구나
산새 넘나들며 노래하는 두 나라
뜨거운 마음은 하나로 이어졌어라

두만강 깊은 물이 마를 수 있을망정
형제인민 우애의 정 다함 있으랴
절벽강산을 허물 수 있을망정
두 나라 단결을 깨뜨리지 못하리라

온 세상에 놀라운 기적 같은 일을 하고도
그대들은 행복의 미소를 던지며
자랑과 긍지에 가득 차 말하누나
―조선청년이 할 일을 했노라고

형제나라 깊은 정 마음에 느끼며
우리 어찌 기쁨을 금할 수 있으랴
구원받은 소녀의 복스러운 얼굴에서
함박꽃 웃음을 또다시 보게 될 때―

감격의 눈물을 머금고
감사를 드리노라 그대들에게
장백 청송도 머리 숙여 인사드리고
창창 밀림도 그대들을 찬송하노라

칼리브해는 노호한다

거센 파도를 산악같이 일으키며
영웅의 바다 칼리브해는 노호한다
봉쇄의 사슬로 큐바를 얽으려는
미제와 반동파들 미쳐 날뛰거니

멸적의 폭탄인양 쾅쾅 부셔지며
검푸른 바다의 도도한 물결은
온 세계 인민과 함께 외친다
"월가의 해적들아, 큐바에서 손을 떼라!"

카스트로의 호소에 철석같이 뭉쳐
7백 만 인민은 조국 보위에 나섰다
잎새 설렁이는 하바나의 종려수도
서슬 푸른 창검인양 분노에 떤다

'방어'와 '안전'의 방패를 내들고
침략의 마수를 뻗치려는 놈들아
큐바에서 무르익은 빠나나 한 쪽도
한 알의 사탕도 훔쳐 가진 못한다

노예의 쇠사슬 끊어 버리고
혁명의 횃불을 추켜 든 나라
사회주의 대로에로 전진하는 큐바를
어느 놈이 감히 정복할 수 있다더냐

그 어떤 원수도 용서치 말라
끝까지 그대의 조국을 수호하라
바티스타의 피비린 통치를 뒤엎고
자유와 정권을 틀어잡은 인민이여

침략자는 천만 길 바다 속에 매장되고
큐바는 기어코 승리하리라
거센 파도를 산악같이 일으키며
영웅의 바다 칼리브해는 노호한다

원 한

끼니마다 기름 도는 밥술을 들다가도
문득 목이 메어 내리울 때 있노라
지난날 지주 놈의 극악한 착취로
약 한 첩 못 쓰고 미음 한 술 못 마시고
굶어서 돌아가신 어머님 생각에

홰나무 그늘에 앉아 사과배를 깎다가도
불끈 두 주먹 높이 들 때 있노라
간악한 왜놈들이 나의 아버지를
유격대에 양식 날랐다는 '죄'로
홰나무 가지에 목 매 달았거니

원수 놈들 학살에 일가친척 다 잃고
내 알몸으로 쫓기던 그때로부터
맨발로 가시덤불 헤치며 자랐노라
마대 조박 하나로 앞을 가리고
쓰디 쓴 풀잎의 이슬을 마시며…

이름조차 못 가진 고용살이 반생에
사시장철 뼈 빠지게 일을 하고도
차려진 건 천대와 주림뿐이었거니
내 몸에 피 흘린 상처자국을 보라
원수 놈들 죄악이 낱낱이 적혀 있노라

거룩한 공산당의 빛발로 하여
캄캄한 밤 지나가고 새날이 밝아 왔거니
권리와 토지가 우리 품에 안겼을 때
얼마나 기쁘고도 놀라웠던가!
이게 참말 꿈인가 생시인가고

지난날 지주 놈의 외양간에서
말 못하는 우마와 함께 살던 내
오늘은 나라의 주인이 되어
어델 가나 가슴 속 자랑이 벅차누나
"나는 어엿한 나라의 주인이다!"

살기 좋은 이 세상에 어머님 계신다면
한평생 장가를 못 가리라던
억대우 감농꾼인 이 아들을 보고
며느리 지은 밥 잡수시면서
즐거운 웃음에 주름살 펴시련만

올해에 환갑인 아버지 계신다면
서느런 홰나무 그늘에 앉아
귀여운 손자를 무릎에 올려놓고
맛 좋은 사과배를 깎아주면서
눈물겨운 옛말을 들려주련만

밥상엔 어머니의 자리가 비고
홰나무 가지엔 잎새만 설레인다
오붓한 살림이 날마다 늘어 가도
영원히 잊지 못할 피의 원한이
항시 내 가슴에 분노로 치솟는다

노 도

- 영용한 파나마 인민에게 -

치욕의 육십 년 기나긴 세월에
식인종의 고역에 피눈물이 더치던
파나마 운하가 노도를 일으킨다
영용한 파나마 인민이 일떠섰다

제 땅에서 파나마 기발을 날린 '죄'로
피에 주린 워싱턴의 흡혈귀들이
애국 용사의 목숨을 앗아 갔노니
분격하라, 노호하라, 싸우는 파나마여!

'파미 조약'에 해적선이 오가던
운하의 굴욕을 씻어 버리고
불타는 애국심에 싸우다 쓰러진
수많은 투사들의 피 빚을 받아야 하거니

미제 야수들의 피 묻은 성조기가
파나마 운하에 비낀 그때로부터
백악관으로 고혈을 빨아 간 운하는
파나마 '죽음의 강안'이 되고

제 땅에서 운하의 물을 길어도
달러를 받아내는 식인종들이
운하의 흡혈 관으로 파나마를 얽어 놓고
그대의 심장을 좀 먹지 않았던가

오늘 또 무치하게 '세계 평화'를 고와대며
라틴아메리카에 대한 '원조'를 지껄이는
존슨의 아가리에서 게거품이 마르기도 전에
파나마에 피비린 참상이 벌어졌다

묻노니 총탄으로 세계를 농단하려는
이것이 미제의 '평화'란 말이냐?
의로운 인민에게 탄환을 퍼붓는
이것이 미제의 '원조'란 말이냐?

닥쳐라, 탈을 쓰고 입방아를 찧어도
더는 속이지 못하리라
주권을 쟁취하는 진군의 발걸음소리
마귀의 소굴 백악관을 뒤흔든다

파나마 운하로 숨결이 오고 가는
태평양과 대서양의 거센 파도같이
아세아는 라틴아메리카와 함께
반제의 산악 같은 노도를 일으킨다

한 줌도 못되는 제국주의 악마
핵무기 손에 들고 미쳐 날뛰어도
천지를 진감하는 파나마의 함성
세계를 휩쓰는 노도를 막지 못하리니

놈들의 낯짝에 돌멩이도 날아가며
미국 놈은 물러가라－파나마 목소리에
온 세계가 한결 같이 외친다
－미제는 파나마에서 물러가라

물러가라 미제야!－운하가 노호한다
물러가라 미제야!－천지가 진동한다
승냥이와 양은 한 우리에 둘 수 없고
살인귀는 파나마와 함께 살 수 없나니

싸우는 파나마의 영용한 인민이여
결사코 미제 야수를 구축하라
파나마의 신성한 영토인 운하에
또 다시 이리떼의 그림자 얼씬 못하게
미제의 피 묻은 성조기를 뽑아 던지고
운하구에 파나마 기발을 휘날리라

웰남인민과 함께

온 세계를 휩쓰는 노도 속에
세차게 타오르는 분노의 불길 속에
우레 같은 우리의 노호한 함성이
마귀의 소굴 백악관을 뒤흔든다

"미제는 즉시로 웰남 침범을 정지하라."
장강과 메콩강은 노한 물결 일으키고
우리는 웰남 형제들과 함께
강철의 팔을 겯고 철벽으로 막아섰다

우리의 인방에 독사처럼 기어들어
침략의 마수를 뻗치면서도
제 놈들이 오히려 '공격'을 받았다고
백주에 거짓말을 날조하는 강도 놈들아

묻노니, 뉴욕에서 수만 리 떨어진
통킹만이 네놈들의 국경이란 말이냐?
네 아무리 열두 가닥 혓바닥을 날름거려도
전 세계 인민들을 속이진 못한다

어젯날 조선에서 불장난 하던
그 저주로운 피 묻은 발톱으로
오늘은 웰남과 동남아에서
침략의 개꿈에 미쳐 날뛴다만

오랜 풍상의 시련을 겪어온
백절불굴의 웰남인민은
신성한 영토를 굳게 지키며
원수를 한 놈도 용서치 않으리라

남부 웰남의 유격대 대원들이
맹호같이 죽림에서 섬멸전을 할 때
양키놈들 더러운 시체를 남기며
간 곳마다 수치스런 참패를 당했고

유격대의 앞에서 혼쭐이 난 놈들
죽림이 그대로 총창인 줄 알고
바위가 그대로 대원인 줄 알고
골통을 감싸 쥔 채 벌벌 기지 않았더냐

산천초목도 무장하고 나선
난공불락의 사회주의 웰남
수풀 지어 일떠선 웰남인민을
뉘라서 감히 정복할 수 있다더냐

보라! 평화로운 마을을 맹폭격하던
유에쓰 비행기가 날벼락 맞아
불 속에 타 죽는 불나비마냥
분노의 화염 속에 떨어져 박산이 된다

된 벼락 얻어맞고 쥐새끼처럼
뺑소니치는 놈들의 뒤통수에도
"날강도 미제는 웹남에서 물러가라!"
우리의 서리 찬 목소리 울려가거니

만약 네 놈들이 기어코 웹남에서
무력 침범을 계속한다면
우리는 결사코 형제들을 지원하리라
온 세계 우리의 벗들과 함께!

1975-1980년 편

수 판

어쩌면 저다지도 솜씨 날래노?
우리 마을 나어린 회계동무
꽃피는 봄철엔 모내기 능수더니만
풍년든 올가을엔 그 솜씨 그대로
년말총결에 신명이 났구만 -
딸그락 딸그락 딸그락 딸깍

진주 같은 수판알이 오르내리니
만풍년의 무게를 가늠하는 수판 위에
처절썩 굽이치는 '장강'의 금물결
지상낙원 안아오는 발 구름소리
들뛰는 흥벽을 툭툭 치겠지

"총산이 얼마요? 회계동무 -"
모두들 다그쳐 묻는 말에
"자 보세요 2백만 근 고지에 올랐지요"
꽃피는 웃음 속에 수판을 씩 내미니
오, 황금산이 성큼성큼 다가서누만

풍년세월에 무엇부터 생각하노?
조국건설 지원할 공구량 어서 보내고
전시준비양식도 넉넉히 장만하고
공사의 집체살림도 빈틈없이 짜야지
붉은 정성 다 바쳐 더 큰 공헌 하잔다
딸그락 딸그락 딸그락 딸깍

근검절약정신은 대물림보배
풍족하면 할수록 아껴 써야지
빈하중농 사원들의 붉은 살림꾼
고개를 갸우뚱, 속궁리 참말 깊네
그래서 수판알도 반짝반짝 웃는 게지

사원들의 구슬땀 습배인 수자마다
아름다운 이야기 들려주누나
회계동무 헤엄치는 날랜 손길이
밤 가는 줄 모르게 수판을 튕기니
격정의 새 노래 끊임없이 울리누만
딸그락 딸그락 딸그락 딸깍

꽃피는 내 고향

청산이 하도 좋아 산에 오르니
과일 꽃이 목이 멜 듯 향기롭구나
녹수가 하도 좋아 개울가를 거닐으니
어허, 산천어 물보라를 일구며 반기는구나

일터를 오며 가며 다시다시 바라보는
그림같이 아름다운 내 고향의 산천
그 어데를 보아도 앞 다투어 자랑하려고
모두다 눈앞에 다가서는 듯

푸른 산을 등지고 개울을 옆에 끼고
밝은 해살에 창문들이 즐겨 웃는
기와집마을엔 행복의 노랫소리…
정녕 말 그대로 노래의 고향인데

기쁨에 흐느적이는 실버들가지에는
그네 뛰는 꾀꼬리 흥이 나서 목청 돋우고
줄줄이 늘어선 전선줄엔 제비 앉아
서둘러 새 노래를 오선보에 적는구나

꿀벌도 꽃내에 취해 사는 청산은
어찌하여 저다지도 비단같이 푸른가
비누 없이도 흰 빨래 할 수 있다는 개울물은
어찌 하여 이다지도 맑디맑은가

우리네 청춘이 있기에
청산도 날마다 푸르러 가는구나
당을 따르는 우리네 충성의 마음처럼
개울물도 티 없이 맑디맑구나

과일나무 손에 손잡고 줄지어선 산이
올해도 무르익은 과일을 안아드리겠노라
새 단장하고 고운 머리 빗어 넘기고
거울 같은 개울물에 얼굴을 비쳐보고

지평선을 밀고 나간 아득한 조전벌은
장강을 날아 넘는 날개를 폈구나
장하다, 땅을 구르는 기계대군은 보란 듯이
우레 싣고 강산을 들었다 놓는구나

맑은 개울물에 물결치는 정을 두고
기름진 산과 들에
흠뻑 배인 땀을 두고
노력의 황금산을 안아 드릴
보람찬 일터를 오고 가는 길이여

그 품에 안겨 내 마을 꽃피고
그 품에 안긴 산천은 한없이 아름답구나
그 품에 사는 마음 언제나 노래거니
다시다시 바라보는 고향산천이여

그림의 동산에서 일하는 즐거움에
노래의 고향에서 사는 기쁨에
햇발을 담뿍 안고 낙원을 가꾸는
내 마음 세상에 더없이 행복하여라

나의 메

무쇠 같은 어깨에 척 둘러메고
물길 내는 험산에 치달아 오르니
구름발이 옷깃을 날리며 따르더라
나의 메, 나의 메여 너는 한 줄기 번개

하늘에 번쩍 높이 쳐들자
구름 떼 우레를 몰아오고
청바위를 한껏 내리갈기니
뭇 산이 부르고 대답하며 울부짖더라

누가 태산이 저처럼 높다 하고
나의 메 이처럼 작다 하더냐
무쇠 손이 무쇠 메를 가벼이 다루자
산도 무릎 꿇고 주저앉더라

험산이 좋아서 언제나
산에서 싸우는 나의 메
얼마나 많은 벼랑의 맥박을 짚어보았고
얼마나 많은 청석돌을 끌어냈더냐

어제는 하많은 제전 돌을 캐내고
오늘은 돌 바위 까내어 물길 틔우노라
메 자루에 배인 내 손의 땀으로도
만경옥답을 풀 수 있는데

오, 우레 치는 메 소리에
벼랑 아래 강물이 열 길 치솟아
내 몸에 땀으로 쏟아져 내리더니
청룡이 꼬리치며 백리 수로 열며 나간다

메 끝에 일어서는 새 강산이여
노동의 낭만이 예서 나래 치누나
또다시 그 무게 가늠하는 나의 메
하늘의 별들도 메 끝에 모여온다!

'4·5운동' 영웅들을 노래하노라

송백같이 굳은 절개 세상에 떨쳤나니
하늘이 굽어보는 영웅호걸 아니더뇨
장하다 그 이름 주 총리의 아들딸
청사에 길이 빛날 사시를 엮었구나

그대들이 휘뿌린 더운 눈물 비가 되어
강토에 쏟아지니 창망한 대해요
주 총리를 부르는 애끓는 그 소리에
눈물바다 솟구쳐 울부짖는 창파로다

그이를 부르는 청명절의 애곡성
천안문도 숙연히 머리를 숙였더라
그이를 그리는 눈물에 젖어
온 나라가 흐느끼누나

원통하다 이 땅에는 날뛰는 요귀 있어
붉은 피 없이는 추모할 수 없었구나
슬피 울던 얼굴엔 총 박죽이 내리고
흰 꽃 달고 그대들은 감옥에 갇혔거니

더운 피와 눈물로 엮어진 시편들이
천지간에 눈꽃으로 흩날렸다 마라
줄줄이 시행마다 창검을 뽑아들었거니
요귀를 베이는 번개가 일었노라

구만리 창공에서 그이 영혼 내리시고
그이 골회 뿌려진 강토가 일어섰도다
8억의 주 총리 나타나시어
8억의 심장에 살아 계시어라

아, 그이께 충직한 아들딸들
모진 슬픔 무궁한 힘으로 바꾸다
만약의 요귀 떼를 말끔히 쓸어내니
서기어린 강토에 새봄이 깃들다

꽃피는 강산에 개선가를 울리며
돌아온 영웅들을 우리 얼싸안을 제
주 총리 그이께선 구중천에서
기꺼이 웃으시며 굽어 보시누나

영웅들의 피로 엮은 불멸의 사시여
천추만대 길이길이 봄우레로 울리라!
빛날 손 '4·5운동' 쌓아 올린 업적이여
억만 인민 마음에 기념비로 솟아있으라!

가로수

한 발도 옮겨 설 줄 모르는 가로수여
자유로운 행인들이 부럽잖느냐?
아니요—가로수가 대답하는 말
—오고가는 행인들께 그늘을 주려고
차라리 나는 선 자리에 발을 묻었소

산에도 그이 사랑, 들에도 그이 은정

모아산 푸른 고개 꽃피는 고개
주 총리 다녀가신 행복의 고개
넘어갈 적 넘어올 적 그 은정 못 잊어
과원도 이 마음도 한없이 설레이네

신풍벌 넓은 벌은 기름진 들판
주 총리 다녀가신 기쁨의 들판
푸른 하늘 저 끝까지 금물결 넘치니
오늘도 그이 말씀 귀전에 울려오네

산에도 그이 사랑 주렁진 열매
들에도 그이 은정 황금의 파도
살기 좋은 이 강산에 낙원을 꽃피워
천만 년 그이 유지 길이길이 빛내가리

보노라 못 잊어 가다 또 한 번

반갑다 오던 비여 오던 비 끝에
황금 햇살 쏟아져 한결 푸른 산
푸른 산에 굴리는 진주이슬을
지르밟고 탐사의 길 나는 가노라

가는 길 길섶에 물 구슬이 돌돌
조약돌도 보석처럼 반짝이는 길
가노라니 우거진 푸른 숲 속에
곱게도 피었구나 함박꽃송이

꽃 속에 비이슬에 젖은 꽃잎에
수줍게도 발그무레 물든 노을빛…
방긋이 입을 열고 웃음 짓더니
조국이 주는 꽃을 받으라시네

받으라 받으라나 어이 받으랴
산발을 주름잡아 달리는 길에
서둘러 금은보화 찾아갈 몸이
고운 꽃을 꺾기는 송구스러워

다가섰다 물러서며 나는 보노라
꽃향기에 함박 취해 나는 보노라
꽃 속에 담겨 핀 인민의 기쁨을
꽃처럼 피어갈 우리의 미래를

우리의 미래를 안고 핀 꽃이여
꽃향기 그윽한 천봉만학을
날아 넘어가는 마음 하도 즐거워
보노라 못 잊어 가다 또 한 번

고백 3수

아시 온지 모르시온지

산 위에 솟아 오른 달님은
그대여 그대 영상 아닌가요
달빛을 안고 뛰는 저 물결은
내 가슴에 설레이는 마음입니다

언제 보나 정다운 눈길이
살뜰한 일솜씨와 고운 마음이
길길이 내 가슴 뛰게 한 것을
그대여 아시 온지 모르시온지

폭포수는 내 마음

즐거이 희망을 속삭이고 저
어제도 그제도 바라던 마음
오늘에도 열두 번 달려갈 바엔
차라리 폭포수나 되어볼까요

천야만야 계곡에 쏟아져 내려
하늘땅 들썽하니 울리렵니다
그대 계신 곳에도 그대 귓전에
정열에 찬 나의 노래 차 넘치게요

아시겠지요

하늘 높이 솟아 오른 달님처럼
소리 없이 웃으시니 무슨 뜻인지
현대화의 웅심을 서로 나누며
뜨거운 언약은 언제 맺을지

아, 내 마음 천궁으로 날아올라
저 달 속의 계수나무 되렵니다요
계수나무 품에 안은 달님인 줄을
그대여, 그대도 아시겠지요

바다의 해돋이

푸른 바다 물결 위에 이랑을 지으며
달리는 여객선에 실은 이 몸이
배전에 나서서 바라보노라니
오, 금노을, 금노을 피는구나 수평선 위에

하늘이 절반이나 불이 붙누나
붉은 해 막 솟는 푸른 바다여
눈도 감히 뜰 수 없는 해돋이로다!
너무도 아릿다운 황홀경이다!

눈부신 노을이 뛰고 또 노는
저렇듯 곱디고운 바닷물에는
푸르디푸른 바다, 푸른 물에는
손을 잠간 담그어도 푸른 물이 들 테지

언제는 성난 파도 구름의 높이까지
솟았다 무너졌다 하던 바다요
천만 마리 사자 뛰듯 하던 물결이
부드러운 손길 되어 배전을 만지여라

흰 갈기 날리는 물보라 위엔
물새 떼 하야니 스쳐 나누나
바다의 해돋이가 하도 좋아서
옷깃을 날리며 배전에 나선 나도
바다를 날아예는 자유로운 갈매기
밝아오는 조국의 새 아침을 맞으며
아득히 수평선을 나래치려니

해를 낳은 조국의 푸른 바다여
바다의 해돋이 희망의 새날이여
줄기차게 날아가는 출정의 길 위에
붉은 해가 머리 위로 막 달려오누나

목릉강반은 내 고향

이다지도 사무치게 그리울 줄을
애당초 알았던들
내 문득 고향을 떠나진 못할 것을

다시 보자 돌아오마
기약한 날짜도 없이
보금자리 떠나 하늘을 날아예는 새 되어

30년 세월이 흘러갔구나
나를 안아 키워준 요람이여
언제 가면 다시 볼까 목릉강반을

목릉강 물이 좋아 물속에
알몸으로 뛰어들어 물장구치던
어린 시절을 두고 온 내 고향

두 손으로 마구 움켜낸 물고기를
버들초리에 꿰들고 마을로 돌아오던
아, 그때도 어언간 옛날이건만

세월이 갈수록 보고 싶구나
완달산에 올라 개암 뜯던 동갑내기들
헝겊 뿔을 함께 차던 송아지친구들

언덕에 피어난 민들레를 꺾어들고
시냇물에 작은 발을 담그고
좋아라 깔깔 웃던 정든 그 소녀

눈을 감아도 삼삼히 떠오르누나
'풋강냉이 하모니카'를 불던 여름저녁이며
둘러앉아 가을점심 떠먹던 논두렁이…

그 언제 얼굴 한 번 붉힌 적 있었던가
정다운 이웃사이 인품도 좋아서
고향이여 너는 언제나 내 자랑

기름진 전야는 그대로 곡창이라고
춤추며 흐르는 앞 강물 뒤 강물
상금도 내 가슴에 노래로 울리는가

아, 낙원이 땅을 차고 일어서는 세월에
마을에는 기와집이 늘어서겠구나
논밭에는 기계들이 달리겠구나

그리움에 못 이겨 모대기는 이 몸이
고향의 새 모습 그려보노니
날개라도 돋치면 날아가련다

고향땅 그러안고 외쳐보련다
―그 어데를 가나오나 고향이여 너는
언제나 내 가슴 깊은 곳에 있노라고

개울물소리

봄을 싣고 왔노라 주절대는가
흐르나니 개울물, 푸른 물빛이
그래도 봄은 아직 이르다
개울가엔 살얼음, 하얀 눈빛이

눈이 시게 아름답구나
겨울, 봄 다투어 빛을 돋우니
포전으로 가는 길엔 까치 깍깍깍
반가운 기별이 금시 올 테지

오호라 앞뒤 산을 구르며
산을 타고 넘어오는 농기계소리
무너질 듯 들려있는 얼음장 밑에
설설 끓는 개울물소리

소리 없이 내린 눈은 얼음장 위에
깨끗이 차려 놓은 하얀 백설기
서둘러 우리네 농기계들을
푸짐히 대접하려 하는 게지

때 이르게 달래 캐는 처녀애들도
손에 들고 흔드누나 꽃바구니 꽃바구니
온다고 손뼉 치며 웃으며 떠들썩
흥겹게도 울리는 개울물의 주악소리

좋구나 농기계를 보내오는 봄이래서
개울물도 정답게 노래 부르지
올해엔 풍년농사 본때 있게 하리라
이 가슴도 설설 끓는 쇳물 도가니

꽈리 밭에서

마가을에 대롱대롱
빨갛게 꽈리 익는 밭머리

어데선가 호로록 호로록
꽈리 부는 정다운 소리

그리워라 이맘때에는
치마폭에 꽈리 따오던 누님이

떠나가신 누님을 그리며
내가 에도는 꽈리 밭머리

시집일랑 가지 말라는
철없는 내 말에 생긋 웃더니

떠나노라 아주 떠날 적에는
누님의 그 눈에 이슬이 맺혔지

나를 업어 키워주시던 누님의
비단 같은 고운 마음씨

잊지 못해라 나를 달래며
호로록 호로록 꽈리 불던 그 소리

빨갛게 익은 꽈리를
나의 입에 넣어주었지

누님도 이맘때에는
고향의 꽈리 밭을 그리실 테지

누님 그리워 하도 그리워
올해도 빨갛게 익은 꽈리

나도야 나의 누님 곁에 계시면
익은 꽈리 입에 넣어드리리

세월이 흘러 백발이 된대도
누님의 사랑이야 어찌 잊으리

지금도 나의 귀전엔 호로록 호로록
들려오누나 정다운 그 소리

봄이 왔어요

－봄이 왔어요
집집이 봉했던 창문을
활짝 열어젖히고 웃는 얼굴들

－봄이 왔어요
강물이 소리쳐 흐르니
움트는 산과 들이 가슴을 들먹이네

눈이 시게 새하얀 백설의 주단은
어디로 어느새?
누가 걷어갔는지?

높은 산 넓은 들
씨앗을 묻어준 이랑 이랑에
움씰움씰 솟아나는 푸른 싹

산도 푸르러
들도 푸르러
귀밑머리 만지는 봄바람도 푸르러

－오는 봄아 오고 가지 말아라
나물 캐는 처녀들이
부르는 봄노래도 즐겁네

청춘의 이내 가슴도
희망의 새싹이 움트느라고
후둑후둑 높이 뛰는 봄

봄날의 들길을 걷노라니
발바닥이 간지럽도록
길장구 살래살래 머리를 드네

과원은 고운 꽃 속에 묻혔는데
앞 남산 바위에도 틈서리에
이름 모를 작은 꽃이 피어나고

뜨락의 버드나무 울바자마저
봄빛을 돋우노라
파란 움이 뾰족뾰족 돋았네

오, 그 어데서나 모든 생명이
다투어 태어나는 봄
―봄이 왔어요 봄이 왔어요

봄 하늘을 나는 새들 노래 부르네
작디작은 풀잎도 이름 모를 꽃들도
모두 다 서둘러 봄날을 수놓네

편 지

눈에 익은 글월을 받아 안고서
화끈 달아오르는 얼굴입니다

바라기도 했지만 까마득하던
그대의 고백은 참말인가요

구절마다 불붙는 시와 같아서
마음은 끓어 번진 쇳물입니다

눈으로만 아니라 심장으로서
읽고 또 읽노라니 날이 샙니다

노을처럼 황홀한 청춘의 희망
행복의 꽃송이로 피우시자는

아, 그대 언약에도 해님이 솟나요
이내 가슴 이글이글 불탑니다요

달 밤

달도 떴구려 임도 왔구려
강기슭에 기다리던 밤

임의 손목 아담 쑥 잡고서
뛰는 가슴 마주 웃는 눈길이구려

깊은 정 나누니 희망을 속삭이니
강물도 출렁 기슭을 치는 노래

꽃다운 앞날을 그려보면서
두 가슴에 설레이는 하나의 마음

아름다운 맹세를 다져가노니
은은한 달빛도 짙어가는가

달도 밝구려
별도 많구려
첫사랑의 달밤엔 할 말도 많구려

석 별

한 달에 한 번씩은 만나자구요
천금같은 기약이 있었지마는

상봉의 기쁨을 안고 온 기차가
이별의 기적소리 울릴 적에는

서글픈 마음이 소용돌이치는
가슴에 얼굴이 숙어들 적에

뜨거이 두 손을 잡으셨지요
자주자주 꽃 소식 전하자구요

그리운 일각이 여삼추래도
혁신의 자랑을 떨쳐 가리라ー

떠나면서 하신 말씀 오실 날짜를
새겨 안고 봅니다 아 임의 손수건

종달새

물기 오른 버들초리에
살짝 앉았다 나는 새
숨바꼭질 하는 거냐
서에서도 종질, 동에서도 종질

운다 새는 무슨 새?
종달새가 종질 종지리
어데서 우나?
손을 얹어 봐도 안보여

한 길 높이 두 길 높이 종질 종지리
구름 속에 숨었다 종질 종지리
몸은 비록 작아도
소리 곱다 종질 종지리

종달새 장할시구
집집의 창문에도 종질종질
꽃바구니 들고 나서라
처녀들을 부르지

소를 몰고 나서라
지탐꾼을 부르지
기계농사 부르지
봄꿈을 깨우지

찌로찌로 찌로짜리종
빽종그로 삑종그로그로
쫑그르르 삥그르르 꽈리 부는
오만가지 그 노래 누가 다 배워?

봄이 왔다 찌로짜리종
움이 튼다 찌로짜리종
밭을 간다 삑종그로그로
꽃이 핀다 삑종그로그로

누굴 보고 삑종?
나를 보고 삑종
너도 종잘 종지리
나도 삘라 삘리리

풀피리도 봄노래
종달새도 봄노래
아지랑이 춤춘다
봄 물결이 넘친다

봄 방울이 달랑거리니
봄 종소리 잘랑거리니
살구꽃이 활짝 피어나
돌배 꽃이 활짝 피어나

너는 좋아 호호호
나는 좋아 하하하
동무 동무 손에 손잡고
푸른 들을 걷는다 종질 종지리

싱숭생숭 뜬마음
봄바람에 뜰까나
구름 타고 뜰까나
화살 같이 날은다 찌로짜리종

꽃피는 봄이 하 좋아
네 마음이 날아날아 종달새라지
내 마음도 날아날아 종달새
봄노래를 부른다 삑종그로 삑종 삑종

봄 눈

간밤에 소리 없이 내린 봄눈
그 어데나 흰 주단 폈네요
지붕에, 뜨락에, 허허 벌판에
보기에도 새물거리는 봄눈
봄볕에 봄눈이 녹아내리네요

땅 위의 모든 소리를
땅 밑에 몰아넣은 듯
더없이 고요로운 이런 날씨엔
바늘 떨어지는 소리도 들릴 듯

한데 금빛 종자 고르는 집집의
처마 밑엔 낙숫물이 쭈루룩
오는 봄을 다우쳐 부르네요
찾아오는 봄아씨의 발걸음 소리인 듯

외양간에 드러누운 둥굴이
봄갈이 궁리하느라
새김질하며 두 눈을 슴벅이구요
저 멀리 내다보이는 들판엔
약삭 바른 검둥이 뛰어나갔네요

급작스레 산촌의 고요를 깨뜨리느라
홰치며 고아대는 닭울음소리
구슬인양 눈밭을 굴러가니
백양나무가지에선 하얀 눈 무지
땅 위에 살랑 무너져 내리고

양지쪽은 녹아서 젖은 땅
ㅡ어, 올해 봄 누기 참 좋구나
어느새 논을 돌아본 감농꾼 아저씨
팔짱끼고 어슬렁 돌아오네요
은빛 날개 번뜩이는 보습을 끌어내네요

호곡령

호랑이 드나드는 령이래서
호곡령이냐
맹호 같은 산사람들 드나든대서
호곡령이지

제사 호곡영주인이라 재잘거리며
길잡이를 나서는 호롱새
호롱새 스쳐나는 산마루에 오르니
오, 예가 이름난 강산이구나

오를수록 가파로운 벼랑엔
정적이 깃들었는데
벼랑가의 정적을 깨트리자고
울어예는 풀벌레소리 더욱 적막타

가다가다 멈춰서는 걸음 앞에
목이 메게 안겨오는 풀 향기 꽃향기
흐르는 땀도 꽃내에 젖었는데
벼랑 끝의 다복솔은 양산을 들었구나

벼랑에 부딪치는 두만강 푸른 물이
이 마음에 시원한 그늘을 던져주는 듯
흘러가던 구름도 소나무에 걸리고
지는 달도 여기서 쉬고 간다지

아, 호곡령 너 말하라
칼 벼랑 끝에 길을 열며 나간 사람은 누구?
산간의 이름 모를 영웅들을 생각하니
호곡령 넘는 몸에 새 힘이 솟는다

하늘 밖에 또 하늘

- 천산에 올라 -

천당이 좋다고는 하데만
천당에 가는 길 험하기도 하다
은향나무 지팡이로 돌길을 두드리며
아흔아홉 굽이굽이 자아 오른 무량관

기암을 휘어잡고 허공에 뜬 몸이
턱에 숨이 닿았어도
기어이 한 번은 '하늘'에 오르자고
게사니 콧등 같은 절벽을 타고 넘으니

문득 동굴이 눈앞에 나타났어라
깊숙한 동굴을 기어 나와
깎아지른 절벽틈새에 들어서니
하늘도 하나의 실오리인데

머리 위엔 가로 놓인 바윗돌
우물만한 구멍 하나 났어라
오, '일보등천'이 예로구나
하늘이여 두레박을 내려주려나

기다릴 새 없노라
내 단숨에 하늘 밖을 날아올랐네
천 개의 기묘한 산봉우리
구름 속에 둥실 솟아있구나

푸른 산 흰 돌 사이사이에
점점이 핀 꽃은 주단을 깔았구나
이게 참말 하늘이 옳으냐
쳐다보니 하늘 밖에 또 하늘

아, 그래서 지은 이름이 '천외천'
세상사가 모두 이러하리라
천당 밖에 천당이 있으니
나는 또 오르자고 신끈을 조이노라

오 이

손뼉 같은 잎 밑에 살짝 숨어 자랐어
건드리지 못하게 가시도 돋쳤어
샛노란 오이꽃이 잠간 새에 피고 지고
지금은 비이슬에 미끈하게 자랐어

넌출을 올려 주던 아가씬 어델 갔나
아가씨의 몸매 닮은 나를 어서 따다줘
싹둑싹둑 썰어서 냉국엘랑 풀어줘
기름간장 살살 쳐서 냉채를랑 메워줘

아가씨가 오신다 사뿐사뿐 오시지
이파리를 들추고 슬쩍 따서 넣겠지
일밭으로 가는 총각 울바자를 도는데
몸매 고운 오이 하나 슬쩍 넘겨주겠지

에그 좋아, 사랑의 선물로도 되는가베
냉큼 먹기 아까워 망설이는 총각아
아가씨의 고운 손이 길러준 오이래서
삼복에 갈증 더는 별맛인 줄 알아줘

산딸기

서느런 풀숲에 소문도 없이
빨갛게 새빨갛게 익은 산딸기

이슬을 이고 앉은 숲을 헤치고
그 누가 살그머니 들어섰을까

병드신 어머님 목이 타신다
산간마을 예쁜이 찾아왔단다

이슬에 치마폭이 함빡 젖어서
딸기나무가지를 휘어잡았지

달디단 산딸기 빨간 산딸기
입에 슬슬 녹아나는 산에 산딸기

한 알도 제 입에는 넣을 줄 몰라
어머니를 생각하는 오직 그 마음

딸의 효성 그대로 딸기 되었지
빨간 딸기 산딸기 불꽃이란다

푸른 숲 이슬도 단물 되었지
빨간 딸기 바구니에 차고 넘친다

예쁜이의 그 효성 하도 기특해
노래하는 산새도 목이 멨단다

두루미

깨끗한 압록강 모래섬가에
백설 같은 두루미 하얀 두루미
떼 지어 내려앉네 깃을 다듬네
맑은 물에 흰 몸을 씻고 또 씻네

뒤 맵시 앞맵시 보아달라고
이 다리 저 다리 껑충거리며
마주섰다 돌아섰다 하는 모양
오고 가는 배손들의 흥을 돋구네

참으로 어여쁘다 말을 하자니
무슨 말을 어떻게 골라야 하나
하지만 두루미는 알지 못하네
제 모습이 그 얼마나 아름다운지

배손들의 마음을 끈 줄 알고서
어여쁜 제 모습에 깜짝 놀랐나
두루미 떼 지어 반공중에 떴네
아, 반공중에 뜬 모양 더더욱 아름답네

쪽 배

산을 타고 넘어온 조각달은요
푸른 물에서 헤엄치구요
강기슭에 머물은 쪽배 하나는
물결 따라 요람인양 흔들리네요

은물결 출렁출렁 자장가 불러주니
쪽배 위에 고이 잠든 노 두 자루
물을 차며 깔깔 웃던 한낮이 그리워
달빛 아래 꿈속에 빙긋 웃네요

─어제도 몇백 리
오늘도 왔나니
내일도 가야지
머나먼 바다로

물도 가네 나도 가네

압록강 2천 리
배를 저어라
배가 가는 길
나도 간다 물도 간다

물이 가는 길
바람도 가누나
구름도 가누나
물새도 가누나

가고 못 올 물아 바람아
정처 없는 구름아 물새야
너희들은 어디로
어디로 가느냐?

물길 따라 배가 가는 길
내가 가는 길엔
희망의 언덕이 있다네
사랑의 꽃이 있다네

산 꽃

아슬하니 깎아지른 칼 벼랑
쳐다보니 당금 무너질 듯
머루다래넝쿨이 뒤엉켜
벼랑에 그물을 떴는데요

벼랑 끝에 이름모를 산꽃이
곱게도 활짝 폈네요
하 많은 고장 두고 어이하여
칼 벼랑 한 끝에 폈나요?

산꽃은 방긋 웃으며 말하네요
ㅡ나는요 희망의 상징이에요
사랑과 행복의 상징이에요
누구도 수월히 꺾진 못 해요

그렇다면ㅡ내가 말을 했네요
ㅡ새 중에도 온갖 잡새 다 버리고
구름을 뚫고 나는 저 수리개 잡아타고
내 너의 곁에 살폿이 내려앉으리

새 벽

하늘을 까맣게 물들인
어둠의 먹물을 삽시에 지워버리고
동산마루에 올라섰다
황금비자루 든 새벽이

-일어나라 너도
달콤한 꿈을 깨고 나오라
뙤창에 푸른빛을 던지며
속삭인다 나의 창가에도 찾아와
미소 짓는 새벽이

-저 하늘은 푸른 종이
아름다운 그림을 그려보렴
온 세상이 다 보도록
이것이 너의 꿈이 아니냐-

오, 새벽이여 나는 말한다
이 땅에 궁전을 세우리니
너는 저 하늘을 거울 같이 닦아주렴
궁전이 일어서는 우리네 낙원이
아름다운 그림으로 저 하늘에 비끼게

그러면 황금비자루를
노상 휘두르면서
하늘을 말끔히 쓸고 또 쓰는구나
오늘도 희망의 밝은 새벽이

안아줄까 업어줄까

에그 요것이
곱기도 해라
누굴 홀리자고
요렇게 생겼을까

이도 없는 이 몸을 드러내놓고
제사 "아으…아으…"
나를 얼리려드네
해죽해죽 웃네

안아줄까
업어줄까
젖 좀 줄까
요것아, 뽀뽀를 해보자

혀를 쏙 내밀고
에미 입을 거머쥐자고
내흔드는 애고사리 손
요람을 차던지는 발

비비고 빨아도
성차지 않는구나
요것아 내 것아
내 속에서 나온 사랑아

내사 누울 테니
네사 내 가슴 위에 일어서보렴
건뜩 들어줄 테니
하늘구경 해보렴

기저귀 다 벗어지도록
작은 발이 동동-종주먹 쫄쫄 빨며
내 가슴을 굴러주누나

네게 나는 젖을 주고
사랑도 청춘도 다 주는데
너는 내게 똥오줌을 맡기면서
곱게도 무럭무럭 자라지

아무렴 좋다 마다
요 깜찍한 것아
크면 무엇이 될까 부냐
크면 무엇이 될까 부냐

너는 네 멋에 캐득거려도
네사 알겠니? 이 에미 기쁨이
저 하늘보다 푸르다
저 하늘보다 높으다

정다운 그 이름이여

귓전에 노래처럼 들려옵니다
고동치는 심장을 괴롭힙니다
밤잠도 밥맛도 앗아갑니다
그대의 그 이름 정다운 그 이름

그 이름 남몰래 외워봅니다
모래밭에 썼다 지웠다 쓰노라니
하늘도 그대 이름 새기는 듯
바다도 그대 이름 부르는 듯

그대 이름 내 심장에 새겼습니다
눈을 감은들 잊혀지겠습니까
그대 이름 알고 있는 것으로도
나는 그 얼마나 행복한지요

그 이름 글자 획마다 불을 뿜지요
반짝이고 열을 내고 소릴 내지요
그처럼 뜨겁고 따사롭고 부드럽고
정답고 아름다운 그 이름

저 혼자 그대 이름 불러보나니
그대의 손길로 쓴 사랑의 글월을
단 한 번만이라도 받아봤으면
아, 나는 즐거운 나머지 울겠습니다

아니, 그대 이름은 뜨겁고도 차가와
가까이 있는 듯 멀리 있는 듯
불을 뿜다가도 홀연 사라지는 듯
새처럼 노래하다도 멀리 날아가는 듯

모연한 내 사랑이여, 내 사랑이여
언제 가면 그대 품에 안겨볼까요
저 혼자 안타까이 불러봅니다
정다운 그 이름이여 잊지 못할 그 이름이여

추 억

왔다 여름방학이 얼싸 좋아
들판으로 날아갔다 조무래기들
철길을 넘어서다 귀를 대보고
"야 - 소리 난다" 손뼉 치며 달렸다

바지는 똘똘 말아 올리고
신은 두 손에 벗어들었다
물도랑 고기가 도망칠까봐
엎어지며 넘어지며 달려 나갔다

도랑에는 물고기 우글우글 많아
붙잡은 큰 고기 꼬리를 툭 치니
기운이 모자라서 놓쳐버렸다
잔고기는 그래도 손에 잡혔다

"불쌍해라 잔고기는 물에 놔주자"
쫑 - 쫑 - 잔고기 헤엄치며 나갔다
집으로 돌아 올 젠 빈털터리이나
큰 고기를 만져 본 자랑은 있었다

옷은 흙투성이 흠뻑 젖었으니
누나가 보며는 야단을 칠 테지
그래도 마음은 하냥 즐거워
「어깨동무 내 동무」 노래 불렀다

세월은 흘러 흘러 몇십 년이냐
그날의 그 아이 백발이 되었다
어깨동무 언제나 그 모습 그대로
추억에 남았다 백발도 어린 마음

창턱에 기대어 먼 하늘 바라보며
고향의 들판을 마음에 담았다
놓아 준 잔고기 쫑— 쫑— 헤엄치던
아, 그날이 그리워 물도랑이 그리워

밀림에서

우중충 치솟은 홍송 백송 밀림은
용사들의 서슬 푸른 창검의 숲인가
멸적의 총을 잡고 변방전사 순라 하니
바람결에 무성한 잎새는 쏴-쏴-

이 땅을 지켜선 초병과도 같이
억세고 늠름한 그 기개 장하다
폭풍을 일으켜 흑운을 몰아내던
가도 가도 끝 모를 장백의 밀림아

물어보자 우리 피를 빨아먹던 왜놈들
어떻게 이곳에서 무리죽음 당했더냐
정강산의 횃불 장백근거지에 타올라
산악을 주름잡아 투사들이 싸울 때…

창공에 깎아지른 돌벼랑도
원수를 족치는 작탄이 되었더라
밀림도 분노의 파도 일으켜
원수를 죽음에로 몰아넣었다

이 땅에 장엄한 개선가 울리어
해방의 기쁨에 넘치던 환락이여!
밝아오는 새날의 아침을 맞으며
열광에 차 파도치던 천리 임해다

사랑하는 조국의 번영과 더불어
물결치는 창파에 격정을 실었구나
전진하는 변강의 인민들과 더불어
혁명의 푸른 기상 떨쳐 가누나

어깨 겯고 일떠선 변강군민들
물결쳐간 장백에 수풀 이루고
가슴에 조국 품은 전사의 두 눈엔
비꼈노라 설레이는 밀림의 푸른 바다

밀림이여 망망한 장백의 임해여
끝없이 끝없이 설레이는 너와 함께
전사는 혁명의 폭풍으로 숨쉬며
이 땅을 굴함 없이 지켜 가리라!

들끓는 전야

차디찬 겨울날도 여기서는 후답다
땀에 젖은 솜저고리 벗어 내치고
눈보라를 휘감아 둘러치는 곡괭이질…
쿵쿵 발밑에서 지축 울리어
뒷산은 너울너울 춤을 추잔다
앞산은 움씰움씰 옮겨 앉잔다

농토개량 백열전이 벌어진 이 논에
망짝 같이 언 땅이 뭉청뭉청 떨어진다
흙무지를 밀고 가는 불도저 투둥퉁…
하늘땅이 들썽하니 고함지른다
부림소 골탕 먹던 수렁논은 어델 가고
왕가물에 재가 되던 쥐불 땅은 어디메뇨

산더미 같이 부식토를 박아 실은 자동차
골짜구니 빠져나와 강기슭을 달리는데
쌍 기러기 떼 지어 날아드는 듯
장골들이 멜대를 휘청이며 허영차
천년 묵은 늪가가 다수확전에 오르고
처녀들은 가래질에 성수 났구나!

황둥글이 끌고 온 우질비료무지에선
흰 김이 실실이 피어오른다
오구작작 얼음판을 달리는 아이들
비료 담은 썰매를 끌고 오누나
좋구나, 천군만마 한결 같이 일떠나
전야가 온통 바다같이 설레인다

힘차게 내려치자 곡괭이를 휘둘러라
대지의 보물고를 열어젖히는 소리
쿵쿵 발밑에서 지축이 울린다
조전화의 설계도 펼쳐진 이 벌에
자력갱생의 정신을 꽃피워 가리니
강남의 풍년노래 가슴속에 넘친다

철공소에서

밤하늘에 반짝이는 별 무늬도
철공소 아바이 수놓은 게 아니냐
단 쇠를 두드리는 힘찬 메질에
불꽃은 흩날려 별처럼 빛나라

산악을 뒤엎는 농토건설장에서
새 우공들 그 얼마나 걸싸게 일 하는가
무쇠 같은 손아귀에 무지러진 곡괭이…
쇳덩이도 녹여내는 불타는 열의로다!

아바이는 감탄하여 혀를 차시며
젊은이와 짝패 되어 쌍메질에 성수 났네
농업을 취세움에 더 큰 공헌하리라
달아오른 얼굴에는 주름살도 펴시고

새날의 전투를 마련하는 불길이
황황 타오르는 철공소의 밤
백년대계 이룩하는 백열전으로
아바이의 마음도 달려가거니

구슬땀은 흘러흘러 풍년수로 넘치리
불꽃은 흩날려 금빛 낟알 되리라
하나하나 벼려낸 곡괭이며 기무쇠정
찬물에 담그는 쟁그렁 소리여!

이제 푸름푸름 밝아오는 새벽이 오면
농토건설대군이 철공소에 들리리니
질 좋은 무기를 척척 안겨주며
본때 있게 싸우라 아바이는 당부하리

산으로 들로 달릴 천군만마 그리며
구슬땀 훔치는 철공소아바이여!
새날에도 쫙쫙 깃을 펴는 옥답이
철공소의 창가에 비껴 오리라!

채석공

무쇠 같은 손아귀에 정을 잡으니
고산준령도 와들와들 떨더라
칡넝쿨이 뒤엉킨 가파로운 벼랑도
단숨에 오른다는 채석공아바이

아슬한 벼랑에서 천근 메 둘러치니
발아래 흰 구름도 계곡에서 오락가락
제전 돌을 까내는 능란한 그 솜씨에
청바위가　짝짝 보기 좋게 갈라지네

공사의 큰살림 한 몫을 떠메고
청춘의 기쁨으로 지내시는 아바이
힘내기와 짝패 되어 쌍메질 할 적엔
돌가루 묻은 수염에 배꽃이 피더라

네모 반듯 두부모 같은 돌을 까내며
질을 잘 보장하라 '잔사설'도 많지만
우스개 소리도 잘 받아넘기시는
우리네 소문난 채석공아바이

아바이 키워낸 나젊은 수리개들
이 산 저 산 날아예며 메질하니
산마다 골마다 우레 소리 지동치고
집채 같은 제전돌이 사태 져 내리누나

참나무 목도채에 제전 돌을 떠메고
쌍 기러기 떼 지어 계곡에 날아들 제
하늘가에 펼쳐진 층층제전 바라보며
아바이는 즐거워 입 다물지 못하누나

아, 공사살림 꽃피는 세월이 좋아서
무쇠 같은 팔뚝에 새 힘이 솟는다며
후손만대 물려 줄 옥토를 마련하노라
아바이는 천근 메 둘러치시네

도라지

비단노을 비껴드는 심산에
방실방실 웃는구나 보라색 도라지꽃
막벌기음 끝내놓고 돌아온다고
고개 짓 손짓하며 반겨주겠지

산에 산에 도라지 하도 많아
산을 타고 넘어오는 옥분 어머니
소문난 그 솜씨 번개 탔다나
어느 결에 한바구니 그득 채운 백도라지

맑디맑은 샘물에 찰랑찰랑 헹구고
기름간장 재우면 천하일미라
펄펄 뛰는 생선도 울고 간다고
떠들썩 주고받는 우스개 소리

어머니의 날개 돋친 발걸음은 사뿐
도라지 바구닌 가벼이 춤추는 듯
노을을 지르밟고 개울을 건느더니
아, 어머니 집체호 문을 들어서시네

사원들도 옥분이도 웃음꽃이 활짝
어머니의 아름다운 마음씨를 읽었네
하향지식청년들 바구니 받아 안고
빈하중농 사랑에 목이 메었네

심산의 도라지는
어머니의 사랑
그래서 어머니 즐거이 캐셨다고
산촌의 그 밤엔 새 이야기 꽃피네

산촌의 저녁 길

아쉽게도 서산에 넘어가는 해를
따라잡으며 기음매던 밭을 나섰건만
우리에겐 아직도 솟는 힘 끝없노라
보란 듯이 활개 치며 돌아오는 저녁 길

주옥같은 땀방울을 두고 왔기에
푸른 곡식 포기에 비단노을 물들고
향긋한 곡식향기 안고 오기에
돌아오는 저녁 길엔 웃음꽃이 방실방실

길섶의 꽃들은 발목을 슬슬 만지고
꽃노을 감뛰는 맑은 냇물은
어서 오라 시원스레 팔다리 씻으라
산간에 청량한 음향 남기며 돌돌…

오늘도 하루임무 넘쳐냈노라
붉은 화살 나래치는 경쟁게시판을 메고
싸움에서 돌아오는 개선장군 같이
제전에서 내려오고…논벌에서 돌아오고…

부르고 대답하며 반기는 제초대군이
신작로 미어지게 마을을 들어서네
'동방홍' 트랙터 땅을 차며 달려오고
둥글이도 왕왕 영각하며 돌아오고

공사마을 방송은 산간에 쩌렁쩌렁
대회전의 소식을 노래로 엮는데
하늘에는 별무리 꽃보라 날리는가
저녁안개 옷깃을 날리며 춤추는가

사람도 기계도 행복에 설레어
노력의 땀 바치고 돌아오는 저녁 길
천석만석 진주낟알 소리치며 굴러들
기쁨에 젖어있는 우리네 길이여

산마루에서

하늬바람 솔솔 부는 산마루
허리 쉼을 하기는 참말 좋더라
세벌 김 필하고 땀을 들이노라
샘물을 마시고 산에 오르니

목화송이 흰 구름 둥실 뜬 하늘도
팔을 펴면 손에 잡힐 듯
괴괴한 숲에선 풀벌레 천을 짜고
이깔나무 가지에선 산새 목청 돋구네

호미를 땅에 짚고 눈 들어 바라보니
발아래 물결치는 제전곡식이
밀려갔다 밀려왔다 어리광부리고
저 멀리 뉘연한 논도 한품에 안겨와라

어디선가 휙 불어오는 한 줄기 바람
싱그러운 꽃향기 실어오는데
그림 같이 아름다운 조전이라 제전은
올해의 대풍작을 기약 하누나

구릿빛 얼굴에 번쩍이는 구슬땀…
강산을 쥐락펴락하는 당대의 우공들
산마루에 올라 푸른 하늘 떠이고
새로운 전투의 힘을 키우노니

뭇산이여, 다소곳이 귀 기울여 들으라!
하늘의 은하수와 반짝이는 별들을
공사벌 대지에 수놓아갈 우리
가슴 속 웅심은 태산보다 높다!

모내기

물안개 서린 조전 밭에
눈부신 아침햇살 깃을 쫙- 펴는데
"모야-" 지게꾼을 다그쳐 부르는 소리
"모야-" 논판마다 설설 끓는구나

기계모 내는 처녀들의 일솜씨 좋아
이앙기 차잘싹 찰싹 노래하며
거울 같은 논판을 미끄럼질하니
하얀 옷고름이 봄바람에 팔팔

허리 아픈 손모에도 소문 놓던 처녀들
노빈농 사원들과 함께 밤을 지새워
기계화를 다그치며 이앙기를 개작하더니
기계모 내는 손에 불이 펄쩍 난다고

종다리 높이 떴다 봄노래 지종
풍년 수 춤을 춘다 너넘실 넘실
팔다리 걷어올린 흰옷 입은 사원들
분주히 오가는 일터는 배꽃 밭이라

써레질하는 젊은이 번개를 잡아타고
운반조 지게엔 청산을 엎었구나
날아드는 모춤을 연해연방 받아 안고
만풍년을 부르며 이앙기 내달리네

오랜 숙망 이뤘노라 이앙기를 몰고
단오절에 내던 모를 앞당겨 끝내리라
사원네들 얼굴마다 웃음꽃 활짝 피니
영원한 봄빛이 무르녹누나

"모야-" 어거리풍년을 부르는 소리
"모야-" 세월을 주름잡는 반가운 소리
차잘싹 찰싹 노래하는 이앙기
푸른 주단 펼쳐가며 행복을 수놓네

선열들의 집(시초)

열사비는 외친다

어찌 살아있는 사람의 머리에만
억울한 모자를 씌웠다 하랴
희생된 영사들의 무덤에도
저주로운 감투를 얹었구나

피살된 사람도 반역자이니
영사들을 추모해선 안 된다고
거인처럼 서있는 영사비에다
총질을 하는 사람 있었다

오, 그래서 꽃다발을 얹었던 무덤엔
쑥이 무성하구나, 쓸쓸하게도
뭇사람 찾아와 묵도를 드리던
영사비엔 까마귀 떼 날친다

이 땅에 흘린 피가 원수더냐?
혁명에 바친 목숨 죄더냐?
혁명에 바친 목숨 죄더냐?
말하라―무덤속의 말없는 해골들이
그대들의 대답을 기다린다

땅 밑에 누워서도 잠들 수 없는
소란스런 세월은 지나갔건만
저저마다 깊은 원한 풀었건만
어이하여 이 곳은 쑥밭천지냐?

―모자를 벗겨 달라 나에게도
더러운 누명을 벗겨 달라―
쑥밭에 파묻힌 영사비가 외친다
땅 밑에서 영사들이 피눈물을 흘린다

   * 노항일근거지―대황구에는 13명 항일영사무덤이 있는데
     우리가 찾아갔을 때에는 그곳에 쑥이 무성하였다.

유령의 공소

어언간 40년 세월이 흘렀구나
왜놈 총 세 자루 빼앗아 메고
기꺼이 근거지로 돌아왔던 나
뜻밖에도 동지들에게 체포되던 그때는

억울히도 '민생단'으로 몰리어
사형장으로 끌려갔노라
아, 바로 내가 빼앗아온 그 총이
내 가슴을 겨눌 줄이야

나는 외쳤다 목숨이 지는 순간에
-중국공산당 만세!
허나 어느 누구도 나의 시체 묻어주지 않아
개들이 팔다리를 뜯어갔노라

다행히도 고향친구 한 사람
밤을 타서 나를 묻어주었다
혁명대오는 산산이 흩어지고
원수의 동기토벌 벌어 섰노라

몰래 나를 묻어 준 전우가
원수의 추적을 받는구나
-전우여, 나의 무덤을 은페물로 삼아
쏘라! 침략자에게 멸적의 탄환을

죽어서도 전우와 함께
달아오른 총신을 받들어 주었더니
전우는 혈혈단신으로도
원수 백 놈을 쓰러 눕혔다

수십 년 이 땅에 피를 흘리며
해방의 새날을 안아 온 전우
어이하여 오늘은 나의 곁에
고요히 누워 있느냐?

억울하게도 반역자로 몰리어
가슴깊이 원한을 묻은 채
나의 전우는 맞아 죽었구나
역사의 비극이 재연 되었구나

물어보자 이 나라 강산아, 너는
원혼이 된 사람을 묻는 땅이냐?
이 나라 하늘아, 너는
비극을 못 보는 눈먼 소경이냐?

다시는 동지를 살해하는 일이 없도록
원하노니 하늘이여 땅이여
빛나는 우리의 당사에도
역사의 두 비극을 적어 넣으라!

* 1933년 우리 당의 좌경 노선에 의하여 대황구에서 자
  기의 훌륭한 혁명동지 20명이나 잘못 총살되었다.

보초나무 한 그루

물결 세찬 회암수 기슭에
배나무 한 그루 서있네
그 옛날 화전농이 심었다는 배나무
사람들은 '보초나무'라 부른다네

배나무 집에서는 항일투사들
멸적의 전략지도 그리는데
어린 아이 등에 업은 어머니
배나무 곁에서 망을 보았다네

깊은 밤, 이리 같은 왜놈토벌대
회암수를 살금살금 건너왔다네
어느새 동지들을 피신시킨 어머니
원수에게 붙잡히어 배나무에 묶이였네

사정없이 채찍이 몸에 내려도
원수의 총창이 가슴에 들어와도
굴함 없이 비밀을 지켜내신 어머니
아, 적탄에 가슴 쥐고 쓰러졌네

어머니의 아들딸들 이 강산에서
침략자를 모조리 몰아냈건만
인민의 새 세상 돌아왔건만
어머니는 산기슭에 고이 잠드시었네

물결 세찬 회암수는 소리높이 와―와―
어머니의 깊은 잠 깨우려는가
그제 날 어머니 망을 보듯이
배나무는 오늘도 새 강산 지켜섰네

아들딸을 길러주신 어머니의 젖인양
달디 단 과일이 가지마다 주렁졌는데
사람들은 향기로운 배를 따다가
열사비에 올리네 묵도를 드리네

　　* 대황구 회암수 기슭에는 배나무 한 그루 서있다. 항
　　　일전쟁시기에는 이곳에서 부녀들이 망을 보았다.

혁명의 석굴

한없이 아늑하구나
한없이 자랑스럽구나
항일투사들 심장의 불길을 올리던
여기, 혁명의 석굴은

조국의 해방을 그리며
인류의 새날을 안아오며
전투의 생활도를 짜던
아, 성스러운 혁명의 석굴

너는 혁명의 집이었다
너는 투사들의 요람이었다
당회의, 무장회의 열고
지혜의 날개를 키워주던 석굴

오로지 해방을 위하여
부모처자를 선뜻이 이별하고
집도 없이 눈보라 천리 길에 오른
홑옷 입고 싸우는 투사들의 집

예서 밤을 지내면
원수의 보루를 잿더미로 만들었다
땅에 잦았다 하늘에 오른다는
장수들을 길러낸 전설의 요람이어

원수의 추격을 받는 전사도
너는 품에 안아 숨겨주지 않았던가
멸적의 싸움에 피 흘린 전사도
너는 살뜰히 치료해주지 않았던가
눈앞에 삼삼하구나
바위를 이고 선 투사의 모습이
음식을 나르고 약도 나르던
고마운 농민의 모습이

무쇠주먹을 바위에 얹으며
강철의 신념을 다진 그 목소리
우레 되어 낡은 세계 짓부셨나니
석굴이여, 너는 선열들의 사랑의 품이다

한없이 아늑하구나
한없이 자랑스럽구나
선열들의 사랑의 품에 안긴 이 몸에
샘솟듯 끝없는 힘이 솟누나

* 훈춘 회룡봉에서 남으로 5리가량 나가면 혁명의 석굴
  이 있다.

고향처녀 머리를 감네

하늘에도 노을
땅 위에도 노을
개울에도 노을
온 천지에 황홀한 빛을 채우며
서산의 해님이 다시 한번
바라보고 웃는 곳은 어디?

일밭에서 돌아온 고향의 처녀
개울물 한가운데 들어섰네
검은 머리 활활 풀어 감네
함치르르한 머릿발을 뒤로 넘기며
누굴 보고 웃느뇨?
해님 보고 웃네
처녀의 웃음도 노을

고운 머리 갸웃거리며
가벼이 빗어 넘기는
물결쳐 내린 긴 머릿발
머리 발끝에 개울물이 달리네
노을이 흐르네

물밑에 깔린 보석 같은 조약돌도
발목을 간질이는 잔고기도
예서 제서 깔깔 웃는 물소리도
서느런 버들그늘도
고향처녀여, 그대에게
기쁨을 주는구나

땅에는 땀을 주고
해님에겐 웃음을 주고
인간에겐 인정을 주면서
사랑과 행복을 빚는 처녀

그대의 아름다움에 담빡 취해
개울물이 태질 하누나
흐르며 속삭이누나
고향의 정든 처녀 제일 곱다고
일손 좋은 고향처녀 제일 좋다고

사 랑

사랑이 사랑다운 사랑이라면
서로 믿는 주춧돌이 되어야지요
모래터에 기와집을 지어 놓고서
그대는 내 것이다 하지 말아요

사랑이 사랑다운 사랑이라면
변덕스런 날씨가 되지 말아요
더웠다 식었다 하지 말고서
첫사랑의 그 맹세 잊지 말아요

사랑이 사랑다운 사랑이라면
흥정이 오고 가서 어찌 되나요
젊으나 늙으나 오직 한 마음
행복의 금자탑을 쌓아보세요

사랑이 사랑다운 사랑이라면
희망의 돛을 달고 떠나야지요
비 오나 바람 부나 게으름 없이
사랑의 푸른 바다 노를 저어요

아기의 첫 울음

"으아―으아 으아"
아기의 첫 울음이 터진다
첫 울음소리인가
우레가 터지는 거지
그러기에 온 집안이 쩔쩔 매지

"으아―으아 으아"
아기의 첫 울음이 터진다
첫 울음소리인가
새 손님 왔다는 인사말이지
삶의 권리 가졌다는 자랑의 소리지

"으아―으아 으아"
아기의 첫 울음이 터진다
첫 울음소리인가
인생의 아름다운 첫 노래이지
그러기에 온 집안이 모여앉아 그 노래 즐겨듣지

고향의 어르신네 보구퍼

－애야 빠진 이를 지붕에 던지렴
그래야 새 이가 가즌하게 난다더라－
서른 해 전에 말씀하신 고향의 아주머니
지금은 잇몸만 남았을 할머니
그이도 치아를 지붕에 두셨을까
나를 보면 흐물흐물 웃으시리

신 새벽에 호미 들고 나서면
해질녘까지 허리 펼 줄 모르시던 아저씨
한평생 밭이랑을 갊으시면서
얼굴에도 깊은 밭고랑 지으셨겠지
나를 보고 반가이 웃음 지으면
얼굴의 밭고랑 더욱 깊어지시리

겨울이면 앞 냇가 얼음판에서
팽이치기에 신이 나 돌아칠 때
－애들아 들어와 엿을 먹으렴－
방치로 툭툭 깨주던 이웃집 할머니
지금은 이 세상 떠나셨을까

－서리 내릴라 눈이 내릴라
가을이면 일손을 다그치던 감농꾼들
큰 눈이 내리기 전 낟알을 거두시던
그이들의 머리 위에 눈서리 내렸으리
나라를 떠메고 나아가는 무명영웅들
그이들을 만나면 내 깊이 절을 올리리

새 각시

저녁노을 피고 지는 물길은
임의 고깃배 떠나가신 뱃길
꽃 같은 새 각시 부둣가에서
먼 하늘 저 한끝을 바라보아라

짙어가는 어둠 속에 물새 몇 마리
"끼-룩" 울며 서둘러 보금자리 찾아가다
임 그리워 기슭을 오르며 내리며
더더욱 설레이는 새 각시 마음

노을이 사라진 압록강 저 끝에
붉은 등 한 점이 깜박이어라
"붕-" 길게 뽑는 뱃고동 소리
임 소식 전해 주는 기쁨의 소리

부둣가엔 붉은 등 푸른 등
물 위에 곱게도 비껴
필필이 금 비단 드리운 듯
오는 배를 반겨 춤을 추건만

어이하여 오는 배 저다지도 더딜까
오늘도 고기풍년 싣고 오는 만선이라
오는 배가 저다지도 더딘 게지
아서요, 기다리는 마음이라 더디지

이랑이랑 밀려오는 물이랑
발밑에서 어리광 치는데
사랑의 파도는 처절썩 철썩
새 각시 마음에 높뛰기만 하네

오리라 아름다운 미래는

그대 무엇 때문에
이맛살을 찌푸리는가
일 없이 고민에 잠기지 마라
수심과 비감은 부질없는 일

기어코 찾아오리라
아름다운 우리의 미래는
설마 그대 보지 못한다 하더라도
우리의 후손들은 보게 되리라

인간이 인간을 헐뜯는 야심도
인간이 인간을 살육하는 전쟁도
거지도 멍청이도 미치광이도
지구에서 자취를 감출 때는 오리니

허무주의는 땅 속 깊이 파묻자
한 숨은 제 갈 데로 가라지
우리의 돛대가 팽팽하도록
낭만의 바람을 가득 넣어라

가자 저어라 희망의 노를
나와 그대 우리의 모든 벗들이
한 사람도 뒤떨어짐이 없이
이끌며 대를 이어 저 이상의 꽃동산으로

1981-1985년 편

이거냐 저거냐(시초)

거지아이

으리으리한 호텔 문 앞에
거지아이 하나 서있네
미역줄기 같은 옷을 걸치고
겨울추위에 오돌 오돌 떨면서

−에구 불쌍해
부인이 각전을 던져 주었네
−건달에게 돈을 줘?
남편이 퉁명스레 말했네

−아이가 무슨 건달인가요?
−그 애 애비가 건달이겠지
−그렇대도 아이야 죄가 없지요
−사회주의 사회에 먹칠을 하거던

오, 이 좋은 세상에서 거지아이야
너는 왜 동정을 받아 안 되니?
각전 몇 잎으로는 떡 한 개도 못 산다
너는 어서 학교로 가야 할 게 아니냐

흥 정

시장에는 장사꾼 많기도 하이
오르내리는 물건값 굉장도 하이
아글타글 돈벌이를 하는 사람 있겠다
옴니암니 물건 값 흥정해야지

손자의 학비를 마련하는
할머니도 있겠다
달걀을 팔고 있는
이런 노인 앞에서는 마음이 아파
이런 노인 보고서는 흥정 못하이

혀, 손, 두뇌

사람이 사람이래 사람이더냐
참된 양심 가져야 사람이라 할지어다
흉보고 헐뜯고 깨물고 질투하는 자는
돗바늘 혀를 가진 독사라 할지어다

사람이 사람이래 사람이더냐
인간을 사랑해야 사람이라 할지어다
남이야 굶건 얼건 거들떠도 보지 않고
제 욕심만 사나운 자 돼지보다 낫던고?

사람이 사람이래 사람이더냐
예절이 밝아야 사람이라 할지어다
치고 차고 때리고 칼질하는 자는
미친개의 혼을 가진 망나니라 할지어다

말을 하는 혀, 일을 하는 손
사색하는 두뇌를 사람이 가졌건만
사람 축에 못 드는 망종들에겐
맙시사 혀, 손, 두뇌가 죄악을 낳는구나

부러워하라 나는 '역사학가'다

인민이 역사를 창조했다 하지만
역사야 꾸미기에 달린 거지
한사람의 일생은 한나라의 역사다
진시황이 어떤 인물인가고?
어제는 폭군이다 오늘은 영웅이다
내가 말하는 그것이 곧 역사다

무얼 공자가 성인이라고?
더러운 복고파, 음모가, 야심가다
법가는 무산계급혁명가다
현대의 공자를 주의하라
아니 시국이 바뀌니 공자도 성인이다
내가 무어라면 무엇이 역사다

누가 우리나라가 낙후했다더냐?
정치도 경제도 세계에서 제일이지
내게 유리하면 거짓말을 해야 한다
'반민생단' 투쟁을 누가 말하느냐?
내게 불리하면 한사코 덮어 감추라
어쨌든 내게 좋도록 하는 게 역사다

실패와 잘못이 있으면 말이야
왕명에게, 죽은 자에게 죄다 덮씌워!
좋다는 사람은 하늘만큼 받들어!
내가 크게 외치면 말이지
역사유물주의도 질겁하여 도망치거든
오, 부러워하라 나는 '역사학가'다

어머님

어머님
당신은 저에게
생명을 주셨지요
피와 살과 뼈를 주시고
달디 단 젖을 먹여주셨습니다

목욕을 시켜주시고
옷을 지어 입혀주셨습니다
새하얀 앞니 두 대 나오자
밥을 지어 입에 떠 넣어주셨어요
배 불렀나 저의 배도 만져보시고

"걸음마 걸음마" 하고
저의 손을 잡아 이끌어주셨지요
"눈, 코, 입" 하고
말을 배워주셨습니다

네 발 걸음으로 기어 다니다가
두 발로 제가 뚝뚝 뛰어다닐 때
어머님은 기뻐서 손뼉치시곤
두 팔을 크게 벌리셨지요

어머님
하늘이 얼마나 높은지
제가 어찌 압니까?
당신의 그 품이 하늘이었어요
햇볕이 얼마나 따사로운지
제가 어찌 압니까?
당신의 그 품이 햇볕이었어요

그 넓은 가슴 앞으로
제가 막 뛰어들자
당신은 얼싸 안아주셨습니다
볼기짝을 살짝 치시곤
볼이며 이마며 눈과 입을
자꾸자꾸 입맞춰주셨습니다

너무도 사랑해주시기에
응석둥이 되었는지 몰라요
남의 집 아이들이 주먹질하면
"엄마 얘를 봐 날 때린다"
하고 내가 말을 했지요

나무람 마세요 어머님
어머님은 그처럼
저의 태산이고 기둥이었어요
어머님이 아니 계셨더면
제가 어찌 하루라도 살 수 있나요

어머님은 노상 저에게 물으시고
저는 그때마다 대답했지요
"넌 세상에서 누가 제일 좋지?"
"엄마야"
"누가 제일 곱지?"
"엄마지"

금덩이를 앞에 놓고는
웃음이 아니 나오나
아이들을 두고서는 웃음꽃이 핀다지요
궁한 살림에 감자떡을 빚으시면서도
어머님은 매양 웃으셨지요

어머님
당신이 잔칫집에 갔다 오시면
과줄 몇 잎은 가져오셨지요
저는 그것을 쪼개어
어머님 입에도 넣어드렸어요

제가 여덟 살을 잡으니
손수 책가방을 메워주시며
어머님은 말씀하셨습니다
"난 일자무식으로 살아왔다
하지만 너야 한껏 배워야지
배워서 사회 일을 많이 해야 한다"

어느덧 제가 중학을 마치고
대학문을 들어갔을 땐
어머님이 덩실덩실 춤까지 추셨지요
어머님 무릎 앞에 첫 봉급을 내놓을 땐
눈물까지 지으셨지요

아, 바라보니
어머님 지금은 백발이십니다
생각되느니
어머님 그때는 젊었더이다

어머님은 얼마나 많은 것을
저에게 주시고 늙으셨습니까
머리는 새하야니 희었어요
치아는 빠졌어요
얼굴에 가로 세로 건너간 잔주름
그 하나하나가 저를 키워주신
고생의 표적이 아니옵니까

세상을 놀래우는 일을
어머님은 하시지 않았습니다만
인간의 가장 숭고한 사랑—
어머님의 사랑이 무엇인지를
말없이 저에게 가르쳐주셨어요

어머님의 사랑은 너무도 크기에
어머님의 사랑은 너무도 거룩하기에
'감사'나 '보답'이란 언어조차
무색하고 우스운 게 아니옵니까

어머님이 저를 보살펴주신 사랑으로
세상의 모든 인자하신 어머님을
우러러 받들어 모시고
사랑하고 싶은 마음입니다

이제는 이 아들이
어머님의 태산이고 기둥이 되오리니
아, 어머님!
세상에 둘도 없는 나의 어머님!
날마다 좋아지는 이 세상에
오래오래 앉으시옵소서
큰 복을 많이 받으시옵소서
비나이다!

견우성

어제는 땅 위에서 밭을 갈더니
오늘은 하늘에서 구름을 가오
참사랑의 씨앗을 지니고
구중천에 날아 올라와

은하수 건너편에는
소리 없이 울고 있는 직녀
망망한 구름바다 한끝에
그 언제 나타날는지

갈라져 다시 못 보는 서러움에
눈물을 뿌리며 땀을 부리며
오늘도 갈고 또 가는
아 끝없는 구름밭

직녀성

그리움에 못 이겨
저는 웁니다
은하수 이 편에
구름 속에 숨어서

만나면 붙안고
목놓아 울 텝니다
기쁨의 눈물을
온 천지에 뿌리렵니다

아, 그날이여 오라
한 달에 설 흔 번 다투더라도
한 집에 사는 사랑
웃고 울고 노래하는 그날이 그리워라

개구리

앞 논에서 뒤 늪에서
요란스레 연주하는 개구리들아
너희들의 노래에는 왜
뜻있는 가사가 한 마디도 없느냐

세상에는 너희들처럼
뜻 없는 노래를 짓는 사람
많기도 하다
어제도 오늘도 개굴개굴

토장국

윤기 도는 솥에 흰 김이 서릴 적에
때로는 솥뚜껑이 드르릉 울적에
향긋하니 이 가슴에 풍겨오는
내 고향 내 집의 토장국냄새

일밭에서 돌아오면 저녁밥상에서
술총이 부러지게 먹어주었지
한 식기 이밥도 게 눈 감추듯
고깃국 찜 쪄 먹을 토장국에다…

감자를 넣든지 시래기를 넣든지
돼지고기 몇 점을 집어넣든지
구수한 그 맛은 매양 한 가지
인품이 좋으면 장맛도 좋다나

아무렴 토장국 그 맛이 향기로운 건
어머님의 뜨거운 사랑이 끓기 때문
아내의 살뜰한 정성이 넘치기 때문
고향의 향취가 습배어 있기 때문

그래서 먼 수도 진수성찬 앞에서도
토장국 생각에 목이 멨거든
고향으로 즐거이 돌아오는 길에선
그 맛이 코끝에 감돌았거던

아 내

문패호주는 내 이름이나
진짜 주인은 당신이 아니겠소

남편의 아내요
시부모의 며느리
아이들의 어머니요
집안의 '총감'
기러기 중에도 코 기러기지

구두쇠 같은 이 남편이
큰 소리나 땅땅 칠 줄 알았지
집일에 꼼꼼한 당신을 당하겠소
당신이 잠간 집을 나서도
나는 그저 쩔쩔 맨다오

사회 일도 잘하지
집안일도 잘하지
한 푼도 아껴 쓰며
백가지를 빈틈없이 돌보지
당신의 더운 정 집안에 넘치지

시부모를 알뜰히 모시고
시동생을 살뜰히 보살피고
아이들을 기르고 가르치고
오는 손님도 공손히 대하는
그 미덕을 내가 모를까

고생을 말없이 묵새겨버리고
노상 웃는 얼굴은 함박꽃송이
잔잔한 말소리는 개울물소리
온화한 성미는 비둘기랄까
참말이지 당신은 우리 집 '천사'요

문패호주는 내 이름이나
진짜주인은 당신이 아니겠소
'천사'인 당신은 말 그대로
뭐라 하면 좋을까
그렇지, 우리 집 '내무대신'이거든

어머님의 손

어머님의 그 손은 대단합데다
오이를 다루면 오이가 크구요
호박을 다루면 호박이 크지요
가벼이 저의 머리 쓰다듬어주시니
저도 오이처럼 무럭무럭 자랐어요
세상 만물 모두가 그 손에 자라지요

어머님의 그 손은 따스합데다
겨울추위에 꽁꽁 언 나의 손을
주물러주시니 훈훈해졌지요
어느덧 얼었던 저의 몸에
더운 김이 물물 피어올랐어요
참말로 부드럽고 따스한 손이에요

어머님의 그 손은 약손입데다
제가 앓아누워 불덩일 적에
"내 손이 약손이다 약손이다"하고
배도 문지르고 이마도 짚으시고…
그러면 어머님의 부드러운 그 손에
저의 아픔 가뭇없이 사라졌어요

어머님의 그 손은 이상도 합데다
장난이 심한 저에게 매질을 했어도
어쩐지 저는 아픈 줄 몰랐어요
어머님의 그 손엔 가시가 없지요
모르는 줄 아세요? 매질을 하고도
어머님이 남몰래 후회하신 줄

어머님의 그 손은 눈물입데다
그 품을 떠날 적에 흐느꼈어요
그리워 그려보는 어머님의 손
그리운 눈물도 솟게 했지요
다시 만나 안아주는 그 손길도
기쁨의 눈물이 솟게 했어요

지금은 반백을 넘은 이 몸이
꿈에도 조용히 만나봅니다
어머님의 부드러운 손, 그 약손을
저의 두 볼에 가져다 비벼봅니다
아, 저는 꿈속에서도 싱긋 웃어요
베갯잇이 눈물에 젖는 줄도 모르고…

새소리에 취해서

녹음이 그대로 녹아내려서
강산이 그대로 푸른 물에 젖었네
푸른 그늘 밟으며 걸어가던 나
우짖는 새소리에 그만 취해 섰노라

그 고운 소리에 고운 몸매 찾아보자니
잎새에 숨은 새 보아낼 길이 없고
그 고운 목소리 곱다고 말하자니
그 노래 그려낼 말을 찾을 길이 없어

이런대로 취해서 내가 듣는 새소리
세월이 하 좋아 새도 즐거워
숲 속에 숨어서 푸른 잎에 숨어서
은구슬 굴리며 우짖는 새소리

번영하는 산간마을 노래한다지
산간마을 새 모습 노래 못 다 부른다지
피곤을 모르고 목이 쉴 줄 모르고
하냥 우짖는 이 강산의 가수야

노래 속에 사는 마음 나도 즐거워
너희들의 합창에 들어서볼까
버들가지 하나 꺾어 지휘봉을 삼아
너희들의 그 노래 지휘해볼까

이 땅에 강기슭에 숲 속에 저 하늘에
너희들의 그 노래 온통 차 넘치게
새들아, 나의 어깨에도 날아와 노래하렴아
그러면 나도 숲처럼 설레이련다

봄바람

봄바람아 솔솔 바람아
너의 입김에 강 얼음이 풀린다
대지의 오물을 빗자루로 쓸었구나
티 없이 깨끗한 우리네 강산
좀 좋으냐 봄이 온 고향이

봄바람아 새바람아
너 가벼이 과일나무가지 흔들어
하얀 배꽃 빨간 복숭아꽃 곱게 피우다도
꽃잎을 눈송이로 대지에 날리니
재간도 많구나 주옥같은 열매도 달아주고

봄바람아 훈훈한 바람아
밤새 이랑 위에 소리 없이 쉬더니
파릇한 싹들을 낳고 갔구나
움실움실 솟아나온 푸른 곡식들
새벽이면 너를 반겨 나불나불 춤춘다

봄바람아 산들바람아
너는 비닐 옷을 벗겨낸 모상판을
부드러운 손길로 쓰다듬어주지
너의 그 손길은 보이질 않으나
푸른 잔물결이 주름 잡힌다

봄바람아 사랑의 바람아
일터에 나선 여인들의 머릿수건을
정답게 살근히 건드려도 보고
노농들의 옷자락에서 어리광도 부리지
이 강산이 좋아 이 강산에서 춤춘다지

오, 봄바람 봄바람 정다운 바람아
너는 사원들의 숨결과 더불어
고향 벌을 훨훨 날아예는 풍년 새

해 비

허, 비가 온다 해비가 내린다
금 구슬 은구슬이 하늘에서 쏟아진다
해비를 맞으면 키가 큰다고
조무래기들 우루루 신작로를 달리고

금방 심은 담뱃모 잎엔
금 구슬 은구슬이 구은다
비닐 옷을 벗겨낸 모상판에는
와실와실 떨어지는 고운 진주들

모내는 사원들의 어깨 위에도
해비가 쏟아져 기쁨이 흐른다
비와 빛을 주는 고마운 하늘아
풍년진주도 함께 심어주느냐

포기포기 심은 모포기마다
반짝이며 굴리는 금빛 해비에
풍년이 자국자국 밟으며 오는 소리에
온 논벌이 환하게 웃는구나

꽃마을

복숭아꽃 사과꽃
곱게 핀 꽃가지에
기와집이 가리웠소
꽃밭 속에 묻힌 꽃마을

집집의 새 살림도
꽃처럼 피어나오
행복의 단꿀이
철철 넘치는 꽃마을

꽃내에 취해 사는 사람들도
꽃처럼 웃소 꽃처럼 피오
꽃 같은 청춘에
노상 젊어 사는 꽃마을

능금밭

놀랍다 북방에도 능금밭
걸음걸음 옷자락을 붙잡소
원예사의 살뜰한 손길 따라
천리에 향기 뿜는 능금밭

꽃잎을 싣고 가는 냇물도 꽃물결
꽃내를 싣고 부는 바람도 꽃바람
꽃바람에 취해서 눈을 감으니
무르익은 능금 알 옷섶에 떨어질 듯

꽃잎이 꽃보라로 어깨 위에 날리오
옷섶에 훨훨 꽃나비 날아드오
아, 나도 북방에 뿌리를 박고
찬 서리를 이겨낸 한 그루 능금나무

송풍나월

천지 물에 미역 감은
    선녀들 마중 나와
길손을 반기는가
    장백의 미인송
이내 손을 잡으려고
    푸른 소매 내흔드는
장백의 미인송아
    송풍나월 네로구나

비이슬에 씻긴 몸이
    티 없이 끼끗해라
송림은 노을빛에
    눈부신 황홀경
아름답다 송풍나월
    다가서며 물러서며
바라보는 미인송아
    내 마음도 황홀하다

한 가지는 쳐들고서
    한 가지 드리워서
이 세상 살기 좋다
    춤추는 그 자태
송풍나월 강산에서
    새 노래를 불러가며
장백의 미인송아
    천년만년 살고지고

시골집

귀밀 밭을 에돌아 언덕에 올라서니
반가와라 시골집 수수한 시골집
지붕에는 빨간 고추 처마 밑엔 마늘타래―
아늑한 시골집은 고향처럼 정답네

시골집 어머님 밭을 다녀오실 제
마중 나가 공손히 짐을 받아 내렸네
팔뚝 같은 강냉이며 떡돌 같은 떡호박―
심산을 가꾸시는 아름다운 마음이여

꽃피는 시골살림 볼수록 즐거운데
당콩밥 산나물은 시골의 별맛일세
구수한 토장국도 한 그릇 더 청했나니
아, 조국의 그 사랑 시골에도 뜨겁네

통나무 세숫대야

보고도 도무지 믿기 어려워
볼수록 눈시울이 젖어든다네
투사들이 쓰던 나무세숫대야 앞에서
그대들의 그 얼굴 자꾸만 얼른거려

끝도 자귀도 없는 밀영생활에
총창으로 쪼아서 만들었을까
직경 한 뽐에 길이 두 뽐
들고 다니기도 간편한 나무대야

투사들의 넋이 깃들었구나
용사들의 호탕한 낭만이 담겼구나
처절한 항일 연대를 아로 새긴
작은 나무대야는 시대의 기념비

그대들의 뜻이 꽃피는 이 땅에서
꽃 대야에 세수하는 아침이면 아침마다
사람들이여 잊지 말자 잊지 말자
그제 날 투사들이 어떻게 살았는가를

샛 별

동산 마루에 새벽하늘
샛별이 하나 반짝입니다
나를 보려고 뜬 거겠지요
나를 보라고 뜬 거겠지요

내가 가며는 그도 갑니다
내가 서며는 그도 섭니다
그 어데를 가나오나
나를 지켜보는 눈

그 앞에선 걸음도 조심스러워
나 스스로 몸과 마음을
살펴보군 하지요
내가 해야 할 일을 헤아리면서

하늘이 우련히 밝아옵니다
노을 비낀 하늘은 예쁘디예쁜 얼굴
예쁜 얼굴에 반짝이는 저 샛별은
아, 조국이 굽어보는 밝은 눈이겠지요

그 정성 그 마음 꽃같이 고와

삼복 김매기에 갈증을 더시라
처녀는 동이 이고 샘물을 길어왔네
고마운 인사를 어떻게 드릴까
그 정성 그 마음 꽃같이 고와

김매기 일터에선 앞장을 서더니만
샘물은 길어다 나중에야 마시네
일터에 피어난 한 떨기 꽃인가
그 정성 그 마음 꽃같이 고와

고향의 옹달샘은 물맛이 하 좋아서
동네분들 팔뚝에는 새 힘이 솟구요
구슬땀 뿌리며 풍년을 키워가는
처녀의 가슴에는 자랑이 넘친다네

봄 싹

봄바람에 꿈을 깼다
봄비에 미역을 감았다
이랑을 뚫고 나와
빠끔히 나를 내다보는
봄 싹! 봄 싹!

무엇을 속삭이자고
연하디 연한 입술을 나풀대느냐
빵긋이 벌린 두 잎 속에
진주라도 물었는가부다
봄 싹! 봄 싹!

햇볕이 내려 이랑 위에
쌀 비가 쏟아져 이랑 위에
살진 땅이 하 좋아 이랑 위에
나풀 춤추는 것만은 아니겠지
날 반겨 흔들어주는 파란 수건 —
봄 싹! 봄 싹!

그 어데를 바라보아도
웃는구나 춤을 춘다 속삭인다
빗겨주고 쓰다듬어주면서
고랑을 타고 나가는 이내 옷깃을
붙잡고 따라서는 귀염둥이들
봄 싹! 봄 싹!

이제 진주를 물고 있는 너의 두 잎이
온 들판에 황금을 토하겠지
언제나 나의 푸른 희망인 봄 싹
쪽빛 하늘에 두 팔을 벌리고
너도 나도 함께 웃자 크게 웃자
봄 싹, 나의 사랑아!

봄 물

논물을 대네 봄물이 오네
와-와-소리를 지르며
뒹굴며 어리광을 부리며
운동장에 달리는 아이들 같이

어느 논판으로 먼저 갈까
고갯짓 몸짓을 하다가도
논꼬를 훌쩍 뛰어넘어서는
갈 바를 몰라 망설이는 귀염둥이

-이리로 자, 이리로 가거라
삽자루를 휘-휘-저으니
갈아 번진 흙 파도 밑으로
쭈루루 꼴꼴꼴 숨바꼭질 하다가도

어쩌면 논판이 이리도 반듯한가고
거침없이 논두렁을 따라서
줄기차게 흐르는 봄물
온 논벌을 마음 놓고 뒹구네

여기서도 졸졸 저기서도 꼴꼴
논꼬마다에서 입을 쫑긋쫑긋
잔물결 주름잡아 부르는 그 노래
내가 모를까? 내가 몰라?

나는 안다 두렁에 찰찰 넘치는
봄노래 내 가슴에도 찰찰 넘치니
뛰어들란다 봄물아 너희들 속에
나도 노래할란다 귀염둥이야

방천의 해당화

향기롭다 내 사랑아
연분홍 해당화야
백사장에 곱게 피어
소리 없이 웃는구나

나를 반겨 웃는 거냐
너를 두고 못 떠나리
해당화야 내 사랑아
방천의 해당화야

꽃나비가 날아든다
연분홍 해당화야
내 고향이 살기 좋아
너도 활짝 피였느냐

우리 마을 새 살림도
너를 닮아 꽃피누나
해당화야 내 사랑아
방천의 해당화야

다시 봐도 네로구나
연분홍 해당화야
푸른 산도 푸른 물도
너를 안고 춤을 춘다

꽃 속에서 사는 기쁨
내 가슴에 넘치누나
해당화야 내 사랑아
방천의 해당화야

실버들

시냇가에 저 푸른 실버들 한 그루
정다운 나의 누님이라오
새 바람에 푸른 옷자락 날리는
날씬한 몸맵시 얼마나 아름답소

어릴 적 물장구치다가도
알몸으로 햇볕 쪼임 하노라면
실실이 흐느적이는 푸른 가지
귀엽다 내 머리 쓰다듬어주고

배움의 먼 길을 떠날 적에는
푸른 옷소매 흔들어
멀리멀리 바래주었소
돌아올 젠 그 품에 나를 안아주었소

츨츨한 마을의 처녀들과 함께
실버들 누님은 푸른 머리 빗고서
일밭에서 돌아오는 어른들에게
공손히 머리 숙여 인사 드렸소

새파란 이파리에 햇빛을 안고
꽃바람에 실실이 춤을 춘다오
하냥 웃으며 손짓을 하며
청제비 쌍쌍 고향에 불러들이며

맑은 시냇가에 마중 나와서
언제나 나를 반겨주는 저 누님―
정다운 실버들 한 그루는
꿈결에도 내 마음에 흐느적이오

소 떼 모는 총각

물안개 감도는 호숫가 이슬 길로
살진 소 떼 앞세우고 나는야 떠난다
에라 좋다 껑충 와서 손등을 핥는 소야
장난질 마라 이랴 가자 어서 저 푸른 초원으로

연꽃이 곱게 피고 잉어 떼 노니는 곳
가던 소도 잠간 서서 구경을 하자누나
양어장의 그 처녀와 나도 할 말 있다마는
아서라 마라 이랴 가자 어서 저 푸른 초원으로

새파란 초원에 햇빛이 뛰노는데
이슬 길에 젖은 소 떼 기름이 흐르는 듯
새 살림을 꽃피우는 방목의 즐거운 길
하도나 좋아 이랴 가자 어서 휘두른 버들채찍

연화동 처녀

연꽃을 타고 나온 어여쁜 심청이냐
연꽃 늪에 노를 젓는 연화동 처녀야
고기밥을 던져주며 물 위에 오고 가니
너도야 아름다운 연꽃 한 송이

노 젓는 손길에는 잔물결 찰랑이고
물결 따라 연꽃들이 한들한들 춤춘다
고기떼 꼬리치며 물 위에 뛰노니
기쁨에 네 가슴도 출렁인다지?

푸른 잎 하나 따서 머리에 얹어놓고
배전에서 즐거워라 깔깔대는 처녀야
연화동 꽃밭 속에 청춘을 꽃피우니
너도야 아름다운 낙원의 선녀로다

코스모스

그대 손수 가꾸신 꽃밭이건만
이제는 아주야 잊으셨나요
수수히 핀 꽃을 본체도 않는 이여
나는 그대 창가의 한 떨기 코스모스

밤이나 낮이나 그대 곁에서
그대의 기쁨을 자아내고 싶어요
늦가을 되도록 오래오래 필래요
나는 그대 창가의 한 떨기 코스모스

그대를 바라보느라 발돋움 하지요
유리문에 스치는 꽃잎을 보시나요
그만에야 난 수줍어 고개를 숙입니다
나는 그대 창가의 한 떨기 코스모스

그대를 바라보느라 발돋움 하지요
유리문에 스치는 꽃잎을 보시나요
그만에야 난 수줍어 고개를 숙입니다
나는 그대 창가의 한 떨기 코스모스

무엇을 그리도 골몰히 그리나요
쉬엄 쉬엄 일 하세요 도와 드릴까요?
가벼이 꽃가지 흔들며 속삭입니다
나는 그대 창가의 한 떨기 코스모스

더운 물 드릴까요? 컴퍼스도 섭길까요?
하지만 그대의 부름은 없군요
그대여 찬 이슬에 나는 함빡 젖었어요
나는 그대 창가의 한 떨기 코스모스

보슬비

온다 오누나 보슬비
보슬비 내린다
촉촉이 내 머리에
차붓히 논벌에

몽몽한 안개비에
푸른 산이 얼굴을 가렸다
시냇물은 흐르는 소리뿐
마을은 보일 듯 말 듯

실실이 눈트는 버들가지
촉촉이 젖었구나
오너라 네 머리 꽃수건도
촉촉이 젖어보렴

내게는 보슬비
마음에도 차붓히 젖었다
땅이 부풀어
가슴이 부풀어

들리누나
노랫소리
안개비 속을
사뿐사뿐 걸어오누나

일손을 도와주련?
비옷을 넘겨주련?
나란히 안개비 속을
모상판을 어서 가꾸자

사랑의 씨앗을 싹틔울
행복의 꽃송이 피워 줄
보슬비, 보슬비
너를 불러온 고마운 보슬비

은실 비

줄줄이 내리는 은실 비
논벌에 모여드네
푸른 벼들이 손뼉 치며
캐득캐득 웃네

내 머리에 쓴 삿갓에도 또르륵
네 머리에 쓴 삿갓에도 또르륵
진주이슬 굴리는 소리
가슴 속엔 진주 낟알 뛰는 소리

저도 몰래 콧노래 흥흥
농악무를 추려니
그 어디나 은빛 북채 번쩍이면서
온 논벌이 새장구를 치네

물　소

맑은 물 씻어 내리는 새파란 초원에
한가로이 풀을 뜯는 물소 한 마리

물소 등엔 부이족 어린이 앉아
책을 읽는 그 소리 듣기도 좋네

학교에서 오는 길로 소를 몰고 나와서
풀도 먹일 겸 글공부도 한다나

물소는 엿듣노라 귀를 너풀거리고
개울물은 글소리 받아 외우네

논에서 돌아오신 아버지 빙그레
유채 씨 메고 오신 어머니 빙그레

부이족 미래를 등에 싣고서
물소도 즐겁다 꼬리를 내젓네

버섯 따기

너는야 흰 삿갓 썼구나
나도야 흰 삿갓 썼다
손끝에 닿는 몽실몽실한 것아
하얀 버섯아

푸른 들 소녀 네가 아니냐
버섯 따는 소녀 나로다
너에게 노상 정들어
비 그치면 찾아온단다

비 끝에 씻긴 들
푸르디푸르러
푸른 들이 좋아서 여기저기에
고이 앉아 나를 기다린 게지

송이송이 꺾어낸 버섯아
요 내 사랑아 향긋한 냄새에
가슴이 뭉클해지는구나
날 보고 생긋 웃는 버섯바구니

차밭에서

삿갓으로 햇빛을 가리었으나
얼굴은 달같이 환하구나
큼직한 광주리는 옆에다 차고
찻잎 따는 손길은 나비 놀 듯 하누나

얘들아, 찻잎을 나도 따볼까
너희들의 그 솜씨 배워보련다
북방의 이 손님 어떠하길래
웃기는? 무엇이 우스워?

너희들 웃음에 끝 모를 차밭이
푸른 잔등 들이댔구나
너희들 그 손에 뜯기면서
바구니 그득그득 채워주누나

눈보라 몰아치는 먼먼 북방에
더운 차를 보내준 고마운 사람들
바로 너희들이었구나
귀여운 처녀애들아

찻잎 따는 내 손이 서툴다마는
한 잎 따서 책갈피에 넣어두련다
겨울날 더운 차를 마실 적마다
찻잎 따는 너희들을 잊지 말자고

동정호를 지나다

당신은 믿을 수 있겠습니까
동정호를 지나다
악양루 높은 집에서 시를 짓는
리백과 두보를 나는 만났습니다

웬 일로 찾아왔나 물어보기에
가르침 받으러 불원천리 왔노라고
공손히 절을 올리며 대답했더니
두 분은 마주 보고 웃었습니다

두보 노인장이 땅을 가리켰지요
땅을 알고 땅을 노래하라 하셨습니다
리백 노인장이 하늘을 가리켰지요
하늘을 알고 하늘을 노래하라 하셨습니다

내 감히 머리 들어 쳐다볼 적엔
두 분이 홀연 사라지고
동정호 물결만 발밑에 철썩입니다
아 꿈인지 생시인지 내가 어찌 압니까

그저 오늘도 조용히 생각할 뿐입니다
땅을 알고 땅을 노래하라 하시던
하늘을 알고 하늘을 노래하라 하시던
그 뜻을 두고두고 씹어봅니다

영산홍

저에게 안겨주신 붉은 꽃 한 묶음은
저 산에서 꺾어온 영산홍이라지요
고맙습니다 오다가다 처음 만나서도
이처럼 친절하신 귀양아가씨

귀양의 산은 참 푸르기도 합니다
푸른 산 영산홍은 붉기도 합니다
먼먼 타향에 와 즐거이 지내시라
한 아름 안겨주신 꽃이겠건만

바라보이는 저 산 너머엔
진달래 꽃동산 그리운 내 고향
날 보고 우줄우줄 산을 넘어옵니다
영산홍 꽃 속에 찾아듭니다

향기로운 영산홍이 어떤가구요
진달래고향이 못내 그리워
영산홍 꽃잎처럼 이내 마음은
빨갛게 탑니다 귀양아가씨

그대 집

밤하늘 총총한 별들이
당금 머리 위에 쏟아지려나
내게는 그대 창문의 불빛이
마음을 이끄는 별이다

꽃 같은 얼굴을 봤으면
샛별 같은 그 눈을 봤으면
그 고운 목소리를 들었으면
오순도순 그대와 속삭였으면

남들의 눈길을 저어하여
그대를 가까이는 못하듯이
먼 곳에 떨어져 바라보면서
그대 집을 가까이는 못하고

불빛에 얼른거리는 그림자
삐걱하고 그대 창문이
문득 열리지나 않을까
이 밤 그대는 무엇을 생각할까

소리 없이 깊어가는 밤
예쁜 모습이 얼른거려
나도 몰래 다가서다 다시 멀리
에돌며 바라보는 집

조용히 창문에 불빛이 사라진다
나는 소중한 무엇을 잃은 듯
화롯불 일어나는 가슴에
밤하늘 별들이 내리는 듯

달콤한 꿈나라를 찾는 그대여
잠 아니 오는 밤을 지새워
그대의 꿈을 내가 지켜주는 줄은
저 차디찬 별들만 알고 있구나

창 문

오늘도 일부러 길을 에돌아
그대 집 문 앞을 지났건만
그대 집 창문만은
쳐다보지 못하고 말았어요

만나고픈 마음 불붙듯 하던 것도
그대 집 창문은 그렇듯 엄엄하여
들뛰는 마음 달랠 길 없이
그만 창문을 그저 지나고 말았어요

제가 어찌 감히 쳐다보나요
눈이 시려서
황홀한 해님을 쳐다보지 못하듯이
그대 집 창문은 그처럼 신성한데요

그 창문 뒤에는
그대의 빛나는 두 눈이 있겠지요
그대의 창문은 그대의 눈
그대 눈앞을 제가 감히 걸어가다니

그대의 눈길과 마주치면
희망과 행복이 함께 달려올는지?
아니면 차디찬 얼음을 받을는지?
그 심판이 무섭기도 합니다

그대 집 창문은 그대의 눈
오늘도 그저 지났습니다

뻐꾹새

뻐꾹—
뻐꾹 울어예는 새
그 소리 부드러워
무슨 새 소식 가져왔을까
듣노라 풀숲은 잠자코

뻐꾹—
높지도 낮지도 않은
느리지도 빠르지도 않은
그 소리 그 노래에
내 마음의 숲은 설레고

뻐꾹—
그 노래에 꽃들이 웃어
방긋 입을 벌리고
성급히 망울 터뜨리는 숲에
서리서리 감도는 봄 향기

꽃 봄을 불러왔노라 뻐꾹 –
나와는 단둘이
주고받은 말도 없이
저 혼자 노래하고 가는 새

가다 다시 오마고
약속을 하는 것일까
깊은 생각을 자아내면서
길게 남겨 둔 한 마디
뻐 뻐꾹 –

상강용궁 절경(시초)

작년 6월 3일에 나는 귀주성 안순지구 명승지 상강용궁(상강용담이라고도 함)을 가보았다. 절승경개라더니 참으로 문자 그대로 장관이었다. 난생처음 이런 용궁절경을 본 나는 흥이 나서 시를 지었다.

용문 폭포

산호주 축축 드리운 용문을 나서자
누가 날 소리쳐 부르는가
백여 자 높은 동굴을 쳐다보니
거암이 구멍 나서 상강물 쏟아진다

하늘이 갈라져 은하수 내리는 듯
용문 밖에 비쳐든 저 하늘
폭포 끝에 선 처녀애들이
나불나불 손짓하며 웃어주니 선녀로다

아하, 어젯날엔 무얼 보고
은하수 읊었던가
용문 폭포 앞에 두고
이내 얼굴 붉어지누나

용궁 천지

처녀애들이 손짓하던
폭포 위에 올라서니
예가 바로 용궁 천지
병풍절벽이 둘러섰구나

물어보자 애들아 미역 감던 용궁선녀
내가 온다 사라졌느냐
수정궁에 들어갔느냐
큰 맘 먹고 용문정궁 들어가리

배 띄워 슬렁슬렁 노를 저어
우리도 용궁쾌락 누리나니
그 어데 신선이 따로 있더냐
우리가 분명 신선이 되었구나

벽화궁

용궁정궁 지나서 벽화궁에 들어서니
목을 늘인 공작새, 물 마시는 코끼리
옥기둥에 몸을 감은 거용이요
날아가는 손오공, 도를 닦는 불교도라

벽화궁이 천지조화를 빚어냈느냐
천지조화가 벽화궁에 비꼈느냐
석벽에 아로새긴 만물상은
이루다 못 볼레라

아하, 대자연의 조각 솜씨
이렇듯 하도 놀라와
노 젓기도 잊고 쳐다보노라
벽화궁에 비꼈을 내 고향도 찾으려

수정궁

월궁은 너무 높아 오르질 못했다
수정궁은 너무 깊어 들어가질 못했다
그래도 수정궁 가는 길이 가까워
오늘은 배 타고 허널널 들어선다

황홀하다 옥기둥
알룩달룩 꽃무늬
듣기보다 더욱 좋구나
못다 그릴 수정궁

아하, 낙원의 주인 된 우리에게
수정궁을 넘겨주고
용왕님 이사를 갔네
용궁선녀들 이사를 갔네

월량암

수정궁 물결은 거울이요
용기둥 급류는 용이로다
좁디좁은 용기둥 석벽사이를
배 끌고 겨우 빠져 나왔네

눈이 시게 서광이 비쳐들어
쳐다보니 월량암, 눈뿌리 아츨하다
높이는 4백자 달 높이요
빛깔도 월색, 모양도 달

아하, 월궁이 하도 높아
못 오른다 했더니만
수정궁을 나서자마자
월궁에 들어섰네

황과수 폭포

백화수 푸른 언덕에 썩 나서니
태산이 무너지는가
절벽이 갈라지는가
천길 벼랑을 뭉청 깎아내려
우르릉 쾅쾅 쏟아지는
황과수 폭포!
벼랑을 찧으며 울부짖는 소리
하늘에서 우레가 모여왔구나
천군만마 내닫는 발 구름이다
억 천만 개 북장구 두드리는 소리
가슴이 서늘하구나
눈뿌리 아찔하구나
아슬한 벼랑길을 내려
폭포수 곧추 떨어지는 곳은
부글부글 끓는 큰가마 서우담
서우와 황소 맞다들어 싸워
울부짖던 그 소리 상금도 남았는가
아!— 하고 외친 감탄사도
소리 높이 웃는 웃음도
서우담이 삼켜버리누나
파도가 뒤번지며 솟구쳐 올라
물결이 부서지는 곳에
천만 구슬 억만 진주 뿌려지고

진주 구슬 뿌린 곳에 물안개 피어올라
새하얀 구름이
펄펄 날아오른다
날아오르는 구름 따라
또다시 천척 폭포 쳐다를 보니
소리는 그처럼 사나워도
물결은 비둘기 털마냥
가벼이 가벼이 날아내려
새하얀 눈송이 흩날리는 듯
천만 오리 명주실 뽑아내는 듯
필필이 흰 비단 풀어내는 듯
날아 내리는 물결을 따라
날아오르는 구름을 따라
이내 마음도 오르내리노니
아, 황과수 폭포
너는 천만 마리 날쌘 백호로다
너는 천만 마리 깨끗한 두루미로다
웅장하고도 아름다워
사납고도 부드러워
용맹하고도 지혜로워
너는 중화의 기상
너는 중화의 풍격이여라!

귀뚜라미

교교한 달빛 새어드는 들창에
처량히 들리는 귀뚜라미 소리
밤이면 고향집 창턱에서 울어예던
그 귀뚜라미 찾아온 게나 아닐까

아니라 할지라도 처량한 그 소리
고향생각에 푹 젖어 잠을 잃었소
귀똘귀똘 언제 돌아가느냐고
돌아갈 마음에 불을 달았소

고향소식이나 들려주면 좋지
그저 언제나 그 한 마디 귀똘
오늘도 기다리던 편지는 못 받았소
그리움을 자아내는 소리만 귀똘

바람기 한 점 없는 고요로운 달밤이라
그 소리 더더욱 높이 들려와
돌아갈 보따리는 미리 싸두었소
아, 귀전에 쏟아지는 고향의 웃음소리…

석류화

석류화 한 그루 내 앞에 섰네
도고하고 아름다운 석류꽃가지
조용히 머리 위에 드리웠건만
내 감히 다시 볼 엄두를 못냈네

너무도 황홀하고 눈이 부시여
그처럼 유순하고 은근한 미소도
두 눈을 내리깔고 보지 못했네
보고픈 마음이야 불붙듯 했건만

다소곳이 머리 숙여 지나치려니
새하얀 옷깃에 나의 손등에
방울져 떨어지는 눈물이런가
석류화 꽃잎에서 구으는 이슬은…

그제야 놀랍게 쳐다봤더니
석류화는 수줍어 얼굴을 붉히네
아, 만나서도 말 못하는 깨끗한 순정이
그대로 가지마다 빨갛게 꽃피누나

준의시초

오 강

먼먼 조국 북변 한끝에서
내 어릴 적 석유등잔 심지를 돋우며
신화처럼 읽어온 「2만 5천리 장정기」
가슴 속 깊은 곳에 아로 새겼더니

오늘은 너의 기슭에 내가 섰구나
아찔하게 굽어보이는 천 길 벼랑사이
내처 달리는 천험의 오강이여

그때는 용사들 그 몸이 총탄 되어
사나운 물결을 날아 넘은 그때는
세상의 우레를 몰아다
벼랑을 갈기며 울부짖던 강이여

너는 낡은 세계를 짓부수는
용사들에게 천의 날개 달아주었다
빗발치는 적탄 속을 뚫고 나아간
용사들 이 땅에 서광을 안아왔나니

저 천길 벼랑을 가로막아
거창하게 일어선 오강 발전소
집집으로 흐르는 눈부신 전류는
불사조 영혼의 빛발 아닌가

중화의 기개를 떨치며
줄기차게 흘러 흐르는
오강이여, 영웅의 강이여
물방울 방울마다 빛을 뿜는 불강이여

너의 그 물결을 날아 넘은 용사들마냥
홍군전사 후대답게 우린 살리라—
아, 이 한 다짐으로 울렁이는 가슴에도
오강의 푸른 물이 세차게 굽이친다

루산관

우레가 터진다
아아한 루산관에
산발 타고 비구름 휘몰아
장엄하게 굴러오는 우레 소리

삼엄한 봉쇄선을 뚫고
원수에게 무리죽음 안기던
멸적의 고함소리 만세소리
상금도 귀전에 들리는가

등불산이여
마주선 두 뾰죽산이여
그대는 홍군지휘원들의 거룩한 영상
하늘을 무찌르고 섰구나

루산관의 뭇 산은
산이면 산마다 홍군전사
그대들의 빛나는 영상으로
우리 앞에 솟았구나

준의회의 깃발을 빛내인
장정에 승리의 길을 틔워준
천추에 길이 빛날 기념비
－루산관

루산관에 괴비가 내려
루산관에 햇빛이 쏟아져
비에 씻긴 산천초목 모두가
홍군들의 해발 같은 웃음을 날리나니

루산관이여
그대는 우리에게 주는구나
－새로운 역사시기 돌파구를 뚫고 나아가라!－
힘과 용기를! 강철의 신념을!

풍락교

하늘에서
천병이 내려온다고
풍락교가 그때는 들썽거렸다
기아에 허덕이던 준의사람들
꽹과리를 울리면서 모여들었다

풍락교 풍락교 작은 돌다리
서광을 안고 온 홍군을 맞이하여
만세소리 우레 되어 하늘에 울렸다
뜨거운 눈물은 땅에 잦았다

새 세상 이룩하는 혁명의 선도자들
이 다리 넘어서 준의성에 들어서니
풍락교에 울리는 홍군의 발 구름은
인민에게 새 희망을 안겨주는 북소리

이로부터 온 세상에 이름난 준의성은
청사에 길이 빛날 큰 별로 솟았다
만리 장정 먼 길을 이어준 풍락교는
홍군과 인민이 굳게 잡은 손이었다

아, 풍락교 풍락교 작은 돌다리
홍군이 걸어간 발자취를 밟으니
피 끓는 내 가슴에 쿵쿵 울리누나
전진하는 조국의 발 구름소리

큰 별
– 준의회의실을 찾아서 –

자윤로 87호 집에 들어서자니
이내 발걸음 조심스럽다
상금도 당중앙 회의가
예서 계속되고 있는 것만 같아서

그날의 엄숙한 회의 분위기
방안에 그대로 남아있건만
긴 책상 둘레에는 열여덟의 빈 걸상-
그이들은 잠시 소풍하러 나가셨을까

혁명의 방향판을 바로잡으시고
장정설계도를 그리신 이들
저 화로에 지핀 목탄불이
승리의 횃불로 타오르지 않았던가

예서 높이 울린 당중앙 목소리
만리 강산에 지동쳤더라
아롱진 창문에도 붉은 기둥에도
빛나는 위훈이 아로새겨졌구나

그날, 위대한 시간을 헤아리던
저 벽시계-역사의 견증자는
소리 없이 나를 굽어보면서
위대한 진리를 말해준다

-준의회의는 영원한 승리의 깃발이다!
준의성은 영원히 빛발치는 큰 별이다!

남포등

준의성 당중앙의 옛 숙소에
작은 남포등 하나 놓였네
반세기 긴 세월 흘러갔건만
그 불빛 오늘도 내 마음 비추네

저 등불 아래서 도사께서는
얼마나 많은 심혈 바치셨으랴
혁명의 전략지도 그리시면서
장정의 붉은 화살 그으시면서

이 땅의 지루한 어둠을 몰아내려
밤과 밤을 지새운 남포등
인민에겐 희망을 안겨준 불씨라네
새벽을 불러온 여명이라네

진리의 빛발을 세상에 펼치며
승리의 항로를 열어놓은 남포등
반세기 긴 세월 흘러갔건만
그 불빛 오늘도 내 마음 비추네

홍군묘

준의성엔 홍군산이 있구요
홍군산마루엔 홍군묘가 있습니다
홍군묘에 향불을 피우는 사람들
사시절 끊임없이 찾아옵니다

홍군전사 자손이나 친척일까요
홍군전사 고향의 벗들일까요
자손도 벗들도 아니지마는
그들에겐 못 잊을 이야기가 있답니다

처절한 장정의 그 세월에도
인민의 질병을 고쳐주려고
홍군위생원이 준의성에 남으니
백성들 구름같이 모여왔지요

그이의 치료받고 구원된 사람들
그 수를 어찌 다 헤아릴 수 있답니까
대오 찾아 떠나는 홍군전사 바랠 젠
준의성 길목이 메어졌지요

"혁명이 성공하는 날 다시 만나요"
석별인사 남기고 떠나간 홍군전사
천험의 오강을 넘어서려다
간악한 원수에게 잡혔습니다

이리보다 지독한 국민당반동파들
그이를 처참히 살해했지요
준의성 인민은 깊은 밤중에
그이 시체 남몰래 산에 옮겼습니다

홍군의 그 은정을 잊지 못해서
향불을 피우고 절을 올리죠
국민당 반동파는 이런 일 알고서
홍군전사 무덤을 없앴답니다

인민들은 유골을 다시 찾아다
남몰래 다른 산에 묻었겠지요
홍군전사 치료를 받은 사람들
그 후로는 질병을 모르고 지냅니다

그러니 홍군묘에 향불 피우면
병이 절로 낫는다는 이야기 돌았지요
밤이면 남몰래 향불을 올리는
준의성 사람들 갈수록 많습니다

원수는 사라지고 새날이 왔습니다
홍군전사 분묘를 홍군산에 옮기니
홍군산에 찾아오는 준의사람들
계절 없이 향불을 피운답니다

이제는 저 세상 떠나가신 이
어찌 산사람 병을 고치랴마는
오늘의 복된 살림 누가 안아왔는지
인민은 너무도 잘 알고 있답니다

그래서 오늘도 향불을 피웁니다
홍군은 지금도 인민을 돌본다고
그래서 오늘도 향불을 올리지요
인민 위한 홍군정신 영생하라고

달

저 달은 왜 날 보고
보란 듯이 솟아오노
그이는 저 달 뒤에
문득 나타나실 듯

저 달은 왜 날보고
반가운 듯 생긋 웃노
즐거운 기별을
전할 듯 전해줄 듯

실실이 달빛은
뜨락에 찼네
그이 정은 달빛
내 몸에 잦았어라

저 달처럼 그이도
웃으면서 오실 테지

먹은 마음 곧게 잡고

가랴 말랴 망설이다
배가 훌 떠나간 뒤엔
두고두고 가슴 아파 후회될 일이요

허위허위 영을 오르다
아픈 다리 못 이겨 내려서면
다시 쳐다 못 보는 더욱 높은 봉이요

남 다 하는 일 쉬이 여기고
물 덤벙 술 덤벙 하고나니
잡지 못하는 사라진 무지개라

바다 끝이 멀다 주저할건가
태산이 높다 한탄할건가
먹은 마음 곧게 잡고 나아가라 오다가다 말고!

생 각

자리에 누워 눈을 감으니 달려드는 생각
쫓아버려도 짓궂게 달라붙는 생각
이리 뒤 척 저리 뒤 척 나와 같이 번져 눕는 생각
잠을 쫓아버리고 제사 우쭐대는 생각

내일 할 일도 많은데 어서 자야지
조급할수록 더더구나 웃고 떠드는 생각
닭이 운다 꼬끼요-잠은 영 달아났는걸
열두 소로 끌어도 끌어 못갈 생각

애당초 뛰어 일어나
이놈을 종잇장에 적어두노라
적어놓고 지어준 이름이 '시'
그제야 종이 위에서 뛰노는 생각
장밤 너는 나를 괴롭혔구나
그래도 밉지 않다 내가 낳은 시

송화호 시초

고깃배

하-얀 햇솜 같이 가벼이
저녁 물안개 오가며 씻어주는
송화호 거울물판에
기러기 떼 지어 스쳐 나는가

나는 듯이 달려가는 고깃배들
그 어느 배를 들여다봐도
팔뚝 같은 잉어 한가득
웃음 한가득 기쁨 한가득

가는 곳은 고기비린내 풍기는
고향의 정든 언덕이란다
어머님 창 밖을 자주 내다보시고
아내는 이마에 손을 얹어 바라보는 곳

어서 나래치거라 배들아 고기 풍년 배
묵직이 그물 당기던 흐뭇한 이야기
어촌에 새 살림 꽃피는 이야기
등불 아래 깨알로 쏟아질 게 아니냐

풍만발전소

너는 이 강산에 별을 수놓는
어여쁜 수놓이 여인이로다
너의 그 솜씨에 별무리 내려앉아
강산이 그대로 불야성이다

천여 미터 아득히 뻗친 너의 땜은
거인의 억센 팔뚝이로다
수천만 기계와 공장들을
한 손에 쥐고 흔드는 너는 힘장사

초속도로 달리는 전기는 너의 명령
현대화를 다그치는 너는 전선사령부
엄숙한 너의 명령 누가 어기랴
모두다 한결같이 분발하누나

살기 좋은 낙원을 가꾸는 이들에게
끝없이 혜택을 베푸는 은인이여
너는 송화호 맑은 물을 빚어서
빛과 열을 만드는 태양의 신이여라

휴양소

버들지팡이 골라잡고
돌층계 두드리며 오를 적에
길섶에 반겨 웃는 향기로운 꽃들이
길안내 하느라 고갯짓 하더니만

양산을 펼쳐든 나무숲 속에
덩실하니 자리 잡은 휴양소
우짖는 새 소리는 무슨 노랠까
창문을 활짝 여니 송화호로다

하늘 끝에 잇닿인 너울 치는 물이여
맑은 물에서 불어오는 맑은 바람이
이내 가슴 어루만져주누나
시원스레 질병을 떼고 가란다

즐거움에 취해서 눈을 감으니
귀전에 들려오는 철썩이는 물소리
아, 어머니의 사랑 가슴에 물결쳐
꿈에는 고마움에 흐느꼈어라

잘 있으라 송화호

그대는 나에게 물을 주었다
그 물을 마시니 달디 달더라
그대는 나에게 물고기를 주었다
그 살진 물고기는 별맛이더라

그대는 나에게 밥을 주었다
그 물로 자란 곡식은 향기롭구나
그대는 내게 미역을 감겨주었다
몸도 마음도 다 깨끗하라고

그리고 그대는 나에게
무엇을 또 주려나?
바람을? 나무를?
금모래를? 꽃송이를?

그대는 전기를 내게 줬나니
모르고 받은 사랑 참으로 크더라
그 푸른 물 위에 나를 태워가지고
배전을 흔들며 안겨준 희망

그 희망 꽃피워가지고
또다시 찾아오리라
잘 있으라 은혜로운 송화호
어리광치고 싶은 나의 요람아!

물 한 그릇

먼 길을 걷다 목이 말라서
낯선 시골마을을 지나다
물 한 그릇 청했더니
꽃나무를 다루시던 할아버지
손녀를 부르시더라
"이 애야, 어서 꿀물을 타오렴"

꿀물 그릇을 정히 들고 나와
얌전한 처녀 두 눈을 내리 깔더라
내 그만 송구스러워
꿀물을 받아 단숨에 들이키자
정지에서 어머님 나오시더라
"점심때가 다 돼 가는데
끼니를 받고 가시우"

어쩌면 이다지도 친절하실까
한 마을에 사시던 이웃이나 아닐까
다시 봐도 낯선 분 낯선 집…
시골의 후한 인품을 두고
내 마음에 문득 떠오르는 생각이 있어라
'아, 이런 집과 사돈을 맺으면 좀 좋으랴!'

꿈 길

혼곤히 단잠에 취했다
고된 일 끝에 나는
꿈길을 걷는다
희망의 꿈길을

둘러친 쇠망치에 일어난 불찌
금빛별이 되어 춤추고
송골송골 내밴 땀이 방울져
은빛별이 되어 날리고

춤추며 날리는 별들이
무리 지어 빙빙
이내 손을 잡고 에돌며
원무를 추잔다

몸 둘 바를 몰라라
즐거이 춤을 추려니
어느덧 별무늬 수놓아
사뿐히 지르밟고 가라 웃는다

황홀한 별바다
황홀한 별바다
밟고 갈거나
이내 걸음 근심스러워

살그니 별 하나 건드리니
그 별빛을 뿜으며
궁전이 되어 솟아오르고
시추탑이 되어 수풀같이 일어서고

살며시 별 하나 잡으려니
은빛 안테나 위에 날아오르고
고속도 차가 되어 달리고
꽃천을 풀어내고…

오 헛되지 않아라
강산에 총총
눈부신 별무늬
땀의 열매여 노력의 빛발이여

놀랍게도 기꺼워
나는 더더욱 힘차게
쇠망치를 휘두른다
희망의 꿈길을 걷는다

귓속 말

네겐 귀여운 딸애 있어
퇴근하고 돌아오면 목을 끌어안지
작은 손이 작은 입을 감아쥐고
종알종알 제가 아는 비밀을 대주지

－오빤 상금과 상장을 타왔어
웬 언니와 몰래 나갔어
엄만 오빠 옷감을 몰래 사왔어
요건 비밀이야 아빠만 알아둬－

허, 요것이 아빠편이로구나
딸애 입김에 내 귀가 간지러워
즐겁다 집에 들어서면
기쁜 소식 먼저 알리는 딸애 있어…

그 눈 그 웃음

노란 민들레꽃 피는 언덕이었지
소년시절 그대와 헤어진 곳이
다정한 손길을 잡긴 했으나
수줍어 할 말을 나누진 못하고

그대는 북으로 나는 남으로
못 잊어 다시 돌아보던 그때에
그대의 고운 눈과 마주쳤었지
가벼운 웃음만 주고받으며

멀리 떠나 온지도 어언간 수십 년
그대의 행복을 빌고 또 비노라
때때로 문득 떠오르는 그날의
아, 못 잊을 그 눈 그 웃음

기다림

이제도 그제도 아니 왔으니
오늘에야 오겠지 꼭 오겠지

철장을 짱짱 울리는 기적소리
간장을 찢어내네

먼데서 마주 오는 이
그대 아닐까 그대 아닐까

키를 돋우며 머뭇거리다
맥없이 숙어진 머리

오늘도 또 하루 무너졌구나
맹랑하게도 기다리는 마음이

다는 모르리

갈라져서는 그립기만 하다가도
다녀오실 적에는 더욱 반가와
다녀가실 적에는 더욱 서러워
서러워 반가워하는 그새에
더더욱 깊어지는 정인 줄이야
마음 속 그이도 다는 모르리

아침 한때에

풀숲은 밤이슬에 세수했구나
꽃잎은, 높이 자란 가지는
함초롬히 젖은 풀숲에
솟는 아침 해발이 뛰놀아라

오이며 호박, 당콩 넌출 뻗어 자라는
텃밭은 아예 미역을 감았구나
짙게도 푸른 그늘에
햇빛이 속속들이 스며들어라

아침 한때에 나와서 즐거워 서성거릴 때
해죽거리는 숲이여 텃밭이여 아침이여

시냇물

일터로 오가는 처녀애들이
깔깔 웃어대는 웃음소린가
골짜구니 씻어 내려와 들을 감돌아
쭈루루 꼴꼴 흐르는 물소리
노동의 낭만이 넘치는 고장이래서
시냇물도 즐거워 하냥 웃는다

기쁨에 겨운 청춘남녀들
소리 높이 부르는 희망의 노래런가
청산을 에돌아 옥토를 감돌아
왈왈 차 넘치는 물소리
행복을 꽃피우는 낙원이래서
시냇물도 흥겨워 노래 부른다

꽃피는 봄이면 봄마다
오곡백과 무르익는 가을이면 가을마다
감뛰는 웃음소리 노랫소리
향기에 푹 젖은 산이래서 들이래서
고향의 시냇물, 사랑의 젖줄기는
절절한 이내 정을 담뿍 안고 흐르네

그네 뛰는 처녀

모둠발이 살랑 뛰어올라서
치맛자락 팔팔
곱다라니 내리네

우리 마을 두 처녀 모내기 끝내놓고
그네뛰기 한창 일세
때 좋은 단옷날

가벼이 날아올라 꽃을 본 나빈가
곱게도 날아내려 호수에 핀 연꽃인가
저기 가는 저 손님 선녀 같다 말하네

아무렴 그렇지요 그네 뛰는 두 처녀 몸맵시 곱지요
몸맵시만 고운가요 마음씨도 곱지요

마음씨만 고운가요 일솜씨도 좋지요
그래서 그네 뛰는 두 처녀
우리 마을 선녀라오, 선녀라오

걸음마

용 — 타
걸음마, 걸음마 뚝 떼고
이리 온, 이리 온
나의 아기야

손뼉치고 내흔드는
이 에미 두 손에 얼싸 안기렴
두어 발 내디디면
사랑의 품인데

지신이 네 발목 붙잡니?
천신이 네 머리 누르니?
포동포동한 다리 드노라고
조그만 입이 오물오물
고사리 두 손이 나풀나풀

용 — 타
걸음마, 걸음마 뚝 떼고
이리 온, 이리 온
나의 아기야

어이구 장할시구
한 다리 뚝 떼누나
두 다리 성큼 드누나
입은 함지만큼 벌리고
눈은 샛별 같이 웃고

저 다리 무슨 다릴까
자신을 이겨낸 다리
천신을 이겨낸 다리
문턱을 밟고 돌아칠 애꾼의 다리

책가방 달랑달랑 메고
학교 문에 들어설 귀여운 다리
학자의 다리
만수천산 넘나들 무쇠다리
장군의 다리

용―타
걸음마 한 다리 두 다리
이리 온, 이리 온
나의 아기야

아뿔싸
한 다리 너무 높이 드누나
기우뚱 엉덩방아 찧을라
냉큼 받아 안으니
귀염둥이 웃음덩이
요것아

천리를 걸어갈
만리를 날아갈
첫발을 이 에미 앞에서 뗐으니
넘어져도 기쁨이 아닐까
못 견디게 좋아서
눈물겹도록 웃으며…

잘 가라 옛집이여

자 마지막 고별이다!
굴토기 몰고 나와 마주섰노니
새집 설계도를 흔들면서 작별이다!
가거라 잘 가라 옛집이여!
아쉬워 않노라 정든 초가여!

할아버지 아버지 불러주신 집
예서 나는 걸음마를 익혔다
푸른 꿈을 고이 키웠다
먼먼 타향에 가서도
그리워 그려보던 초가집

너는 나의 가장 큰 재산이 아니었더냐
너를 떠나서는 못 살 줄로만 알았다
해마다 지붕을 손질하면서
찌그러진 문틀을 바로잡아주면서

게딱지같은 초가여
너와 갈라지려니
서운한 마음 없지 않다만
어이하랴 덩실한 궁궐들이
온 마을에 다투어 일어서는 데야

청석돌이 달려와 땅을 구른다
벽돌 기와들이 날아든다
비켜서라 어서 옛집이여
서두를 때로다!

돌격이다 굴토기 들이대고
맞다들어 보니 너도
오랜 세월을 두고 뻗대던 너도
씰씰 무너지는 흙 보살!
하늘이 더 넓게 열린다 탁 트인다

넉넉히 자금을 손에 쥔 바엔
현대화 맛이 나게 빛이 나게!
먼먼 후대들도 서운치 않게!
애당초 황홀한 층집을 세우련다!
시골도 본때를 보이련다!

자 마지막 고별이다!
터전에 팻말을 줄느런히 꽂았노니
새집 설계도를 흔들면서 작별이다!
가거라 잘 가라 옛집이여!
아쉬워 않노라 정든 초가여!

어리석은 생각

내 집 문 앞을 그대 지날 때
커다란 자석을 펴놓아
더는 가지 못하게 해볼까
창문 틈으로 그대를 오래오래 보게시리

그대 집 곁에다 애당초
내 집을 옮겨놓을까
하루에도 열두 번 드나들며
그대와 즐거이 말을 주고받게시리

그대의 논밭 곁에다
내가 맡은 밭을 이어 붙일까
매일 같이 일손을 도와
일축이 푹푹 자리가 나게시리

그대의 빨래터 곁에다
나의 낚시터를 잡을까
강태공 낚시질 하더라도
그대의 예쁜 얼굴 보게시리

나의 이런 생각을
그대 알기나 할까
그대 만약 알기만 한다면
으 나는 멀리 뺑소니치리

꿈에만 오는 이

살며시 눈을 감으니
그대는 웃으며 다가섭니다
하지만 눈을 뜨자
그대는 홀연 사라집니다

고느적한 밤이면 밤마다
그대는 꿈속에 찾아옵니다
하지만 꿈을 깨면
그대는 홀연 사라집니다

조용히 일기를 쓰노라면
그대의 노랫소리 필촉 끝에 울립니다
하지만 필을 놓으면
그대의 노랫소리 홀연 사라집니다

눈을 떴을 때 그대 왔으면
꿈을 깼을 때 그대 왔으면
필을 놓을 때 그대 왔으면
오 참말로 그대 온다면
나는 오히려 꿈인 줄 여기오리다

파도와 주고받은 말

－산악 같이 밀려오는 파도여
너는 나를 정복할 셈이냐
아니 나와 힘 겨뤄볼 셈이냐

－아니다 그대여 우리는
앞 파도 뒤파도 서로 부딪치지 않거늘
그대를 건드릴 우리 아니다
파도는 파도가 할 일이 따로 있다

－아침에는 노을 피는 파도
그처럼 아름답고 유순하더니
바람 이는 저녁에는 파도여
어이하여 이처럼 사나운 것이냐

－알아두라 그대여
아름다움에 사나움이 있고
사나움에 아름다움이 있노라

－그렇다면 파도여
천만 리를 달리는 너의 힘은
어디서 온 거냐 누가 준 힘이냐

　－앞 파도가 힘이 진하면
뒤파도가 밀고 나온다
뒤파도 뒤에는 또 뒤파도
힘에 힘을 더치니 파도는 사납다

　－파도여 너의 사나운 외침은
얼핏 듣기엔 무시무시하다만
귀 기울어 들으니 노래로구나
너의 노래는 무슨 노래냐?

　－솨－솨－소리는 바다의 말이다
"앞으로! 앞으로!" 외치는 노래다
파도와 파도가 이어이어 따라서며
바다가 부르는 행진곡이다

　－오 바다여 나도 배우련다
너의 노래를, 우렁찬 바다노래를
뒤파도 앞 파도를 밀고 나가며
"앞으로! 앞으로!"
높이 울리는 행진곡을

이슬 길

밤새 선녀들이 몰래 내려와
감로수 뿌려준 게 아닐까
아니라면 어떻게 밤비도 없이
풀숲에 이슬이 무겁게 드리워
말없이 오솔길 메웠을까

성큼 이슬 길에 들어서노라니
온 들판이 우수수 잠을 깨네
반짝이는 물 구슬 내 몸에 뿌리며
발목을 간지럽히는 풀잎들

바지가랑이 흠씬 젖어도 좋다
논물을 보고 돌아오는 길은
밤낚시 걷으러 늪으로 가는 길은
소꼴 베러 들로 나가는 길은

남들이 먼저 이슬 길 털까 봐
내 먼저 내 먼저 나서는
그 멋이 좋아 미끄럼질 치면서도
콧노래 나간다 새벽빛에 푹 젖은 길

풍작의 논물을 보고 올 때도
물고기 한 다래끼 들고 올 때도
소꼴 한 짐 잔뜩 지고 올 때도
반가이 고갯짓 하는 이슬 길

이슬 길, 이슬 길에
물 구슬 쥐어뿌리는 파란 풀잎이
촉촉이 젖은 고향의 손길이
내 발목 붙잡네 허리를 안네

염 원

아파트가 다투어 일어서는 거리에서
내 새 집들이를 노래하면서도
문득 생각하군 하노라
3대가 비좁은 단칸방에 사는
그런 사람들 아직도 많은 것을

아들딸이 대학으로 가는 기쁨을
필을 들어 노래하면서도
나는 잊을 수 없노라
학교문 밖에서 일자리를 찾는
청소년들이 아직도 많은 것을

우리의 할아버지 할머니들
행복한 만년을 즐기고 있을 때
내 너무도 잘 알고 있노라
경로원에 가야 할 노인들이 아직도
홀몸으로 어려운 나날을 보내고 있음을

기꺼운 일이 꼬리 물고 나서건만
가슴 아픈 걱정은 무시로 머리를 드는구나
언제 가면 지난 세월이 남겨 놓은
빈궁과 무지와 불행을
모조리 파묻어 버릴까

우리 인민은 한 걸음 또 한 걸음
황홀한 미래를 창조한다 하지만
우리의 걸음이 좀 더 빨랐으면
황홀한 미래가 더 빨리 왔으면
오 항시 내 가슴에 불을 지피는 조바심이여

감자 꽃 피었네

김매고 북을 돋군 감자밭에
간밤에 단비가 내리더니
하얀 감자 꽃 오졸오졸 피었어
이랑 밑엔 새알 같은 감자가 열렸겠지

꽃 보고 아들애 손뼉 치네
모닥불에 감자를 구워먹겠노라고
아내는 환한 얼굴에 웃음 짓네
흰 이밥에 늦감자를 놓아
목메게 툭툭 꺼서 먹어보자고

나는 말없이 밭머리를 서성거리며
깊은 생각에 잠겼지
올가을엔 감분국수공장 세우고
어벌 큰 장을 벌려야지

단비를 머금고
감자 꽃 오졸오졸 피었네
농가의 즐거움이 감자밭에 스몄네
이랑 밑엔 기쁨이 커가네

봄버들은 아이들의 딱친구

봄도 이른 봄, 싸늘한 날씨에
강도 성엣장 떠 흐르는 강변에
아이들이 떠들썩 달려 나왔다
붉은 버들방천에 모여들었다

성급한 아이 하나 버들을 꺾어 타고
"드리드리 이랴 쩌" 팔을 두른다
전투하러 전선으로 떠나간다고
쏜살같이 들판을 내달린다

한 아이는 가지 꺾어 속대를 살짝 뽑아
삐-삐-버들피리 잘도 분다
한 아이는 버들개지 손바닥에 올려놓고
"꼬독 꼬독…" 강아지를 부른다

버들 말을 탄 아이 전투영웅 된다는데
버들피리 부는 아이 음악가가 된다는데
버들개지 좋아하는 저 아이는 무엇 될까?
오, 그래 그렇지 생물학자 된다지

봄버들은 아이들의 장난감
봄버들은 아이들의 딱친구
말이 되고 강아지 되고 피리 되어
어린 가슴에 희망을 키워준다

그리운 내 고향

새파란 잔디밭에 송아지 떼 풀어놓고
풀피리 불며 불며 놀던 때는 언제던가
언제던가 손꼽아 세어보니 삼십 년
아, 그때가 그리워 그리운 내 고향

다정한 이웃들은 서로 일손 도와가며
그 언제 얼굴 한 번 붉힌 적 있었던가
있었던가 손꼽아 세어보니 삼십 년
아, 그때가 그리워 그리운 내 고향

달콤한 추억으로 설레이는 이내 가슴
오늘도 내 고향의 꽃 소식을 기다린다
기다린다 손꼽아 세어보니 삼십 년
아, 그때가 그리워 그리운 내 고향

풀 한 포기

거울 같이 반듯한 논판에
살초제도 치고 제초기도 밀어
푸른 벼 가쯘히 자라는데
두렁에 풀 한 포기 섰구나

내가 맡은 논, 내가 다룬 논
두렁이라 무심히 지날까
두렁길 걷던 걸음 멈추고
풀 한 포기 뽑나니

미풍에 하늘하늘 춤추는 푸른 벼야
이내 품에 안기려 물결쳐 오는 거냐
너 어서 황금이삭 무겁게 드리워
휘휘칭칭 논두렁 감아 주렴아

고향처녀야

보람찬 한해가 지나갔구나
올해도 대풍년, 풍년 기쁨에
너도 나도 뛰어드는 춤판에
노래를 불러주렴 고향처녀야

내 고향 물이 좋아 목청 고운 내 노래
살기 좋은 내 고향 자랑의 노래
일하던 그 본새로 어서 불러라
꽃 같은 얼굴에 꽃같이 웃음 짓고

무엇이 부끄러워 허리를 꼬느냐
고개를 떨어뜨리면 못난 처녀지
오락에서 노래를 안 불렀다간
시집가는 그날에 망신당할라

아무렴 그렇지 우리 마을 꾀꼴새
스리 슬쩍 나선다 잘도 부른다
목청 고운 그 노래 새장구 쳐줄까
자랑 많은 고향노래 어깨춤 춰줄까

네 노래에 풍년 새 펄펄 날아든다
풍년 새 펄펄 날아드는가
우리 마을 총각들 춤판에 뛰어들지
에헤요 네가 내 간장 스리 살살 다 녹인다

어머니와 아기

맘마마

놀음감이 싫증난다 내동댕이치고
타박타박 네발걸음 하는 아기
"엄, 엄" 소리 내어 울겠지
눈물은 한 방울도 안 보이고

봄 씨앗 고르는 엄마 곁에 와
토닥토닥 등을 두드리며
걸음마를 익히느라 휘청거리다
"엄, 엄" 하더니 "맘마마" 하겠지

요 깜찍한 것이 고개를 갸우뚱
"꺅꼬-" 하고 방긋 웃는 그 입에
젖꼭지를 물렸지 웃음덩이 안고서
엄마의 피로는 가뭇없이 사라졌네

어 비

배불리 단 젖을 먹이고
고운 볼 뽀뽀도 해주고
송곳 송곳 재롱질 잼잼도 시키고
이제는 어떻게 놀아볼까?

엄마는 두 손을 눈 밑에 갖다대고
두 볼을 끄당기네
아가야 날 봐라 어비-
무섭지? 어비-어비-

머루 알 감장 눈 고운 두 눈이
또렷또렷 빛나네 아기는
궁둥방아 좋아라 퐁퐁퐁 찧더니
캐득캐득 웃네

제사 조그만 두 손을
눈 밑에 갖다대고 볼을 당기네
엄마야 날 봐라 어비-
무섭지? 어비-어비-

가, 갸, 거, 겨

어제와 오늘이 다르게
무럭무럭 자라는 아기
말도 겨우 번지는 요것이
귀엽게도 연필 쥐고 끄적거리네

아기는 자라서
과학자가 될까
문학가가 될까
엄마의 마음 바다같이 설레어

아기의 조그만 손을 잡고
'가, 갸, 거, 겨' 가르쳐 주노라니
엄마의 가슴속에 아기는 어느덧
나라의 기둥 되어 일어서네

딸 아

너는 갔구나 꽃 너울 고이 쓰고
꽃 지고 잎 지는 늦가을에
너는 갔구나 낭군을 따라서
울며 웃으며 꽃수레에 앉아서

간 뒤 스산한 마가을 바람 불어
나뭇가지 남은 잎마저 털어버린다
바람 타고 날아가는 저 기러기
왜 저다지도 가다 말다 할까

왈칵 쏟아지는 눈물아
웃다 웃으려다 울고만 것을
딸아 아느냐 네가 간 길 위에
이 에미 뿌려준 축복의 눈물

아버지 영전에

아버지, 아버진 저의 가슴에
설음이란 얼음덩이 얹어주고 가셨습니다
가신 뒤 그 얼음 녹고 녹아서
때 없이 눈물비 쏟아집니다

아버지, 아버진 저의 가슴에
사랑이란 불덩이 얹어주고 가셨습니다
가신 뒤 그 불덩이 더욱 뜨거워
세월이 갈수록 타는 가슴입니다

기침소리 한 마디 "에헴" 해도
저에게 책을 들게 하신 엄한 아버지
멀리 가셨다도 점심빵떡 사서는
아니 잡숫고 절 갖다 주신 아버지

사랑의 불덩이는 굴며 뒹굴며
자 자꾸 추억에 불을 달아줍니다
하늘같은 그 품이 그리워 흐느끼나니
아, 설음의 얼음덩이 언제 다 녹겠습니까!

화계수

꽃잎이 떠 흐르는 물결이래서
그 이름도 아름답다 물 맑은 화계수
강기슭 언덕에는 가는 길에도
새하얀 꽃잎이 한 벌 깔렸네

꽃내에 푹 취해 바라보면서
화계수에 마음이 홀딱 반했네
물속에 잠긴 산, 아롱진 꽃동산이
부서지는 옥 같다 감탄했더니

아, 꽃동산은 산에 사는 부이족마을
천궁인 듯 천궁이 물에 잠긴 듯
벼랑에 층층 자리 잡은 집들이
화계수에 고이 비껴 수정궁 같구나

산기슭엔 장골들 물소 떼 몰아오고
산마루엔 부녀들 유채 씨 메고 넘어오니
너울 치는 화계수 꽃 비단 날리는가
이내 걸음 그만에야 선 자리에 얼어붙었네

백사장

하얀 백사장이 나를 부른다
모래성을 쌓던 어린 시절이
그립다 백사장아
한바탕 뒹굴어나 볼까

눈이 시게 밝은 햇살이
죄다 백사장에 모였구나
아장아장 걸어오는 해오라기
나와 벗을 사귀자 다가서누나

하도 귀여워 안아볼까
아서라 놀라면 어쩌리
하늘 끝에서 날아온 저 해오라기는
평화의 천사다 나의 딱친구

갈매기

어데서 갑자기 모여온 거나
나의 앞에 가로세로 날아예면서
파도 위를 춤추는 하얀 갈매기 떼
바다의 새들아, 반가운 친구야

은빛 날개를 퍼덕이는 너를 닮아
바다물결이 너울 친다
나의 흰 옷자락이 날린다
갈매기, 나의 기쁨, 환락의 새들아

바다는 푸르고 하늘도 푸르다
나의 청춘도 푸르다
푸른 세계 좋아서 날아예는
갈매기 너는 나의 청춘의 새로다

시원한 바닷바람 타고
파도를 타고 구름을 뚫고
날자 더 높이 날쌔게 나는
갈매기, 너는 용감한 투사의 넋

햇빛에 흰 몸매를 번뜩이면서
저 멀리 수평선으로 어서 날자고
나를 부르는 그곳은 푸른 언덕
길잡이를 나서는구나
희망의 갈매기 떼

환락, 청춘, 용감, 희망…
이것이 아니고서야
내가 너희들을 즐기랴
너희들이 나를 찾아오랴

청춘의 날개를 퍼덕이면서
환락의 바다를 용감히 날아예는
아, 희망의 갈매기
나는 너희들의 다정한 벗이다

전우의 비석 앞에서

그때는 미처 울지도 못했다
네가 원수를 쓸어 눕히다
적탄에 맞아 피를 흘리면서도
꿋꿋이 서 있다가 내 가슴에 안길 때는
원수들이 지척에 다가왔을 때는

전우여 지금은 내가 운다
내 가슴에서 마지막 숨을 거둔 너를 두고

그때는 살아남을 생각이 나도 없었다
죽어도 너의 원수를 갚고 죽으려
너처럼 조국보위에 목숨 바치려
오로지 이 한 생각이 달아올라
눈에선 눈물 아니라 불이 일었다

전우여 지금은 내가 운다
나 홀로 살아남아 너를 그리며

바로 내 앞에서 내가 휘두른 기관총 앞에서
삼대처럼 쓰러진 이리떼
그 속에 그대를 죽인 놈도 있을게다
열배 백배 복수를 했건만
그래도 성차지 않던 그때가 아니던가

헌데 지금은 하염없다 흐르는 눈물이
어째서 넌 죽지 않으면 안 되었던가

한 고향에서 같이 자라 같이 떠나
한 전호에서 같이 자고 같이 먹고
담배 한대도 같이 나눠 피우고
원수를 함께 치던 일 어제 같건만
꽃 피는 고향에 함께 돌아오지 못한 너

통쾌하던 전투나날을 옛말로 엮어보랴
오, 말이 없구나 난 눈물로 너의 비석을 적신다

청춘아

어느 날 갑자기 내가 나를 떠나
알지를 못했던 낯선 사람같이
저만큼 물러서서 못 본 척 하랴
청춘아 그러면 난 서러워 통곡하리

그처럼 나를 즐거이 뛰게 하던
그처럼 나를 희망에 불붙게 하던
늙음을 모르는 인생인줄 알게 하던
청춘아 네가 정말 떠날 때가 있을까

수심이 무언지 모르고 지냈다
두 팔을 벌리면 날 것 같은 기분이다
늙음을 이상스레 여겨왔단다
청춘아 네가 늘 나와 함께 있으니

세월이 흘러 머리에 서리 낀대도
너와 맺은 두터운 정이야 사라지랴
한사코 널 붙잡고 놓아주질 않으리
청춘아 난 널 섧게 굴지 않으리

갈 길 바쁘다

쇠고랑을 찼던 시우여
고갈을 썼던 벗이여
우리 흘러간 세월과 작별한
쓴 술잔에 더욱 눈물 쏟아지누나

더운 눈물을 끓인 정열이
아직 가슴속에 이글거리나니
불을 지피라 남은 정열에
불타는 청춘기발을 추켜들어라

갈 길 바쁘다 돌아볼 겨를 있느냐
세월은 갔어도 정열과 꿈은
우리 앞으로 달려왔다 동무여
노력의 자국 자국에
별무늬 돋치며 가자 앞으로!

내 고향에 와보라

―여보게, 선코를 어서 떼라구
우리 모두 따라나서지
―산을 통째로 맡으라구
―땅을 통 크게 맡으라구
서로들 권하면서도
망설이던 일
어제 같았다

―글쎄요
괜히 고생을 사서 할까봐
잘못을 저지를까봐…
이 궁리 저 궁리
밤잠을 설친 것도 어제 일

허나 코 기러기는
언제나 나서기 마련
억대우 같은 젊은이
나흘가리 양어장을 도맡자

전업호 세찬 바람이
온 마을에 일었다
마른 나무에 불이 달린 듯

전업호들이 꼬리 물고 나서자
궁궐 같은 기와집들이
동에 번쩍 서에 번쩍
부자들이 소리치며 일어섰다
해가 가고 달이 갈수록
농군들의 통은 더더욱 커졌다

도시로! 도시로!
도시로 향하여 진군이다
아니면 어이 하랴
그렇게도 많은 식량을
그렇게도 많은 농산품을

도시에 호텔을 짓고
꽃 상점을 꾸리고
음식점을 차리고
도시농민 자랑을 떨친다

조용히 가슴에 손을 얹어 생각느니
몇 해 동안 해놓은 일
스스로도 놀랍다
하, 이게 참말 꿈이 아닌가
정작 손을 쓰고 보니
이처럼 쉬운 걸, 재미나는 걸…
어젯날이야 멍청이였지

누구는 학교를 짓는데
누구는 다리를 놓는데
누구는 곤난호를 돕는데
만 원이다! 3만 원이다!
앞 다투어 헌납하는 부자들

이제 또 어떤 기적이 나타날지
어찌 알랴, 짐작할 수 있으랴
다만 한 마디 외치고 싶은 말
－사회주의 신형농민 알려 거든
오라, 우리 마을에
내 고향에 와보라!

나는 스무 살 꽃나이

나는 스무 살 꽃나이 ―
황홀한 무지개를 그린다
20세기 80년대 청년 ―
달콤한 청춘의 꿈을 꾼다
타고난 천재는 없어도
손재간은 있나니

개체 버스를 갖추고
길손들의 고생을 덜어 줄까
텔레비전 수리부를 세우고
손재간 피워볼까
화려한 꽃 상점 꾸리고
"사구려, 사구려" 외쳐 볼까

'집체호'에 나갔던 형님처럼
농민들의 신세는 지지 않으리
취업대기 누나처럼
부모들의 시름꺼리는 되지 않으리

나는 스무 살 꽃나이
일하면서 배워내련다
대학문을 나오진 못했어도
자습으로 과학의 높은 봉에 오르리

이것이 허황한 꿈일까
아니다!
자신을 지나치게 믿는 것일까
아니다!
열성껏, 재간껏, 마음껏, 힘껏
경쟁의 불 바람 일으키리

거리거리에 노래 넘치고
즐거운 춤판이 벌어지누나
쾌락으로 행복으로 사랑으로
우리 생활은 가득 찼구나

애송이로만 보지 마시라
때가 되면 나도
세상에 둘도 없이 어여쁜
사랑의 동반자를 맞으리
토요일이면 멋지게
춤도 추리 노래도 부르리

나의 동반자는 어데 있을까
일손이 맞는 동무는 어데 있을까
솔깃하니 귀를 기울이노라니
문뜩 누군가 문 두드리는 소리

오, 들리나니
시대가 나를 부르는 소리―
생활의 구석마다 빈틈을 없애며
급진하는 우리 시대
뜻이 맞는 동무여 오너라
손을 잡자!
보람차게 일 할 때로다!

희망의 푸른 기를 휘날리면서
청춘도시 한복판에 나섰노라
나는 스무 살 꽃나이
광음을 아껴 쓰는 청춘!
인간기적을 쌓아갈
20세기 80년대 청년이다!

시골처녀 이야기

시골에도 마을에 앞뒷집이요
같이 자라 연분이 들었던 사이
대학생 되어 떠난 그날 그때도
굳은 언약 변치 말자 다진 젊은이

어쩌면 그다지도 마음 독할까
편지마저 끊고는 싹 돌아앉았네
생면부지 남이면 이다지도 쌀쌀할까
대학이라 찾아가니 보고도 못 본 척

괴로이 흐느끼던 시골처녀는
웬 일인지 책만 한임 사가지고 돌아갔다네
저희 또래 데리고 깊은 산골에 들어가
통 크게 양봉장도 양계장도 꾸렸다네

삼 년 만에 번 돈이 얼만지는 몰라도
도시에다 열층짜리 호텔을 지었다나
처녀는 이름난 경리가 척 되어
신문에도 실렸다네 텔레비전도 찍었다네

핑장한 소문 듣고 옛정을 못 이겨
젊은이는 호텔을 찾아갔건만
처녀는 언녕 대학선생과 배필을 무은 사이
사모님이 될 줄이야 꿈엔들 알았을까

호텔은 어엿한 처녀경리 같이
말없이 발끝을 굽어보는 것만 같아
맥없이 축 처진 젊은이의 두 어깨
다시 쳐다 못 보고 돌아섰다나

기다리는 마음

오늘해도 다 갔네요
가신 임 오실 날이 오늘날이라
저녁상 차려놓고 기다리는 마음이
일각이 여삼추래요

더운 밥 솥에서 꺼냈다 넣었다
동구밖을 나서기도 몇 번이던가
개혁의 꽃바람 불 바람 타고
먼 고장 떠나가신 낭군님을 기다려

홀로는 밤잠도 잃구요
임 없는 밥상엔 밥맛도 없네요
떠나면 보고 진 그리움에
만나면 만나는 반가움에
더더욱 깊어지는 내 사랑의 정

담차게 큰일을 벌린 임이
이번 길도 반가운 소식을
엊그제 편지에 실어 왔길래
기다리는 마음엔 불이 붙네요

'정보공사' 들리느라 늦으실까요
연구소에 헌납하느라 늦으실까요
신문기자 붙잡고 놓아주지 않을까요
아니면 몸탈이 났을까요

낭군님 한 팔이 되고 저
안팎일 도맡아 나선 몸
앉아선 기다릴 수 없네요
영 넘어 임 마중 갈래요

산에 솟는 달, 달은 왜 방실 웃을까
은은히 들려오는 낭군님 모터치클 소리…
아, 앞가슴에 두 손 모아 움켜잡아요
가슴엔 기쁨의 폭풍이 이네요

외로운 섬

너는 바다 한가운데 서있는
외로운 섬
워낙은 하느님의 아들이었다

아무런 죄도 지은 일 없건 만
하느님 아버지는 너를
바다에 가두어 넣었다
오도 가도 못하게

애어린 너에게 폭우를 퍼붓다가
뜨거운 폭열을 내리 쏟아
머리를 뜨거이 지지기도 하고

번개의 칼을 머리 위에 휘두르며
우레를 터치며
ㅡ죄를 빌라 무릎을 꿇라
위협을 하였다

무슨 죄가 있다고
무릎을 꿇랴
무릎을 꿇게 되면
바다에 잠기고 마는 걸
차라리 돌이 되고 섬이 되었다

머리를 숙이지 않았다
무릎을 꿇지 않았다
다만 벗들이 그리워
때로는 소리 없이 울었다

덧없는 세월에
한없는 바다 한가운데서
외로운 밤과 괴로운 낮을 보내며
구원의 손길을 바랐다

때로는 짝을 잃은 물새가
너의 머리 위에 앉아서
구슬피 울다가 날아가고
때로는 고래가
너의 다리 뜯어먹자 맴돌고

아침마다 저녁마다
젖빛 안개는 부드러운 손길로
너의 머리 쓰다듬어 주었다

때로는 배들이 저 멀리
기적을 길게 울리며
하늘가를 에돌면서
본체도 않았다
너는 외로운 섬

세월은 흘러흘러 너도 늙었다
얼굴에 주름이 잡혔건만
이 아니 놀라운 일이냐
사람들은 너를 노래하누나

아름다운 해녀에 비기고
창파에 뜬 돛배에 비기고
그래서 너는
화가의 붓 끝에 올랐다
가수의 목소리에 올랐다

시인은 너를 두고
바다를 지켜선 초병이란다
세월이 흐를수록
너의 신분은 높아갔다만
여전히 너는 외로운 섬

다만 외로움을 참을 줄 안다
그 어떤 비난과 조소도
위협과 공갈도 침묵으로 삼키고
그 어떤 칭찬과 가송에도
돌 같은 성미가 있을 뿐
너는 외로운 섬이다

방울소리

산에 가도 방울소리
들에 가도 방울소리
행복의 노랫소리
귓전에 정다워라

소바리도 방울소리
마바리도 방울소리
만풍년 자랑노래
귓전에 즐거워라

총총한 별무리도
은방울 울리는가
내 고향 하늘에도
즐거운 방울소리

아, 황금가을 무르익는
내 고향 그 어데나
귀맛 좋게 들리는
정다운 방울소리

두만강

은비늘 번뜩이는 고기떼같이
두만강 물 위에 뛰노는 흰 물결이
눈이 시게 반짝이는 진주같이
두만강 물 위에 아롱진 물결이

오, 나에게는 그 물결이
두만강 이 땅의 젖줄기
하-얀 종잇장 위에 써서 날리는
무수한 시편이더라

울울창창한 송림에서 풀어낸
필필이 백설 같은 종잇장 위에
백두에서 흘러내리는
민족의 거룩한 넋을 담아

낮과 밤이 따로 없이
세월을 두고두고
시편을 써내는 두만강이여
너는 이 땅의 시인 이 땅의 가수

듣나니 창창 기슭을 치며
흐르는 두만강 물소리 그 물소리
돌밭을 뚜지며 고역에 시달리던
조상들의 눈물 젖은 노래 아닌가

피어린 싸움에 뛰어들던
용사들의 최후 결전가 아닌가
지금은 행복에 겨워 읊조리는
우리 시대 우렁찬 찬송가 아닌가

오, 두만강, 두만강
역사의 강, 눈물의 강
기쁨의 강, 노래의 강
우리의 강이여!

이 땅의 이름 없는 시인도
두만강 물소리 가슴에 안고
너처럼 노래하련다, 자랑의 시편들을
은물결에 띄우려니

흘러 흐르라 두만강이여
먼먼 바다로
장백의 자랑을 싣고 흐르라
온 세상에 전하라!

꽃 같은 나의 겨레여

- 길림시 조선족운동대회에서 -

길림은 하나의 꽃밭이로다
나의 겨레는 어느 누구나 꽃송이로다
송화강반에 송이송이 피어나
춤추며 설레이는 꽃물결이여

길림은 하늘도 꽃밭이로다
둥둥 떠오르는 고무풍선은
그넷줄 타고 나는 푸른 하늘은
널뛰는 아가씨들 날아오르는 하늘은

꽃차가 달리는 거리도 꽃물결
운동선수 뛰노는 운동장도 꽃물결
에서 나는 겨레의 넋을 읽는다
에서 나는 겨레의 숨결을 읽는다
에서 나는 겨레의 숨결을 듣는다

보아라 즐거운 단오절에
꽃봉오리 피어나는 유치원에
거액의 자금을 헌납한 기업가들
귀여운 애들의 꽃다발을 받나니

꽃을 즐기는 나의 겨레여
꽃을 가꾸는 나의 겨레여
마음도 향기로운 꽃이로구나
예절도 아름다운 꽃이로구나

길림은 하나의 꽃밭이로다
나의 겨레는 어느 누구나 꽃송이로다
오, 그래서 나도 한 송이 꽃으로 피는가
눈시울 젖어드는 못 잊을 감회여

한 번은 논둑길에서

오늘 아침도 남몰래
마음속으로 그이를 그려보면서
논밭으로 나왔는데 공교롭게도
좁디좁은 논둑길에서
그이와 마주쳤어요

두 눈길이 마주친 순간
나는 그만 얼굴이 화끈 달아올랐어요
고개를 숙이고 어쩔 바를 모를 제
그이가 어느 결에 돌아섭니다
나에게 길을 내주려고

그제야 나는 정신이 번쩍 들어
뒤돌아섰지요, 길을 냈지요
하지만 그인 딴 논길에 들어섰어요
내가 어찌 그 길로 갈 수 있나요?
나도 딴 논길에 들어섰어요

볏모도 함께 기르고
모내기도 일손 맞춰 했건만
좁은 논둑길에선 왜 이다지도
어색한지? 두근거리는지?
난 지금도 알 수 없어요

그이가 내준 길, 내가 내드린 길
그날에 밟아보지 못한 길
지금도 마음속에 지울 수 없는 길
아무 때건 한번은 물어 볼래요
－임은 그때에 무슨 생각했나요?

바다가 웃는다

어서 나와 함께 놀자고
바다가 기슭을 치며 부르는 소리
겁쟁이는 닫긴 문도 걸었다
감히 내다보지 못하고

철부지는 놀라서
와-울음보를 터뜨린다
바다는 웃고 있는데
너는 왜 울고 있느냐?

살개는 바다여 조용하라
내 조약돌을 던지며
가만있지 못할까 꾸짖으니
그것이 오히려 즐겁다
더욱 소리쳐 웃는 바다

바다는 간단없이 웃는다
장난꾸러기인양 잠시도 쉬잖고
몸을 뒤척이다가도 달리고
언제를 어루만지다가도
처절썩 갈기고

물갈기를 날리며
물 구슬을 뿌려
온갖 재롱과 심술을 다 부리며
바다가 웃는다

웃는 바다의 곁으로
조용히 나는 다가섰다
위엄 있는 사자 곁으로 다가서듯
처음엔 털끝을 다쳐보고
나중에 사자 등을 타볼 엄두 내듯

조심히 바닷물에 손을 잠그니
팔뚝을 어루만지는 파도—
바다의 손은 얼마나 부드러운가
바다여 즐거운 바다여

윤선과 쪽배를 등에 싣고
문을 활짝 연 항구를
가며오며 즐겨 외치며
너는 밤낮없이 웃고 있구나

즐거이 교향악을 울리며
언제나 잠들 줄 모르는 바다
오, 중화의 바다
중화의 바다가 웃는다!

물장구

오십에 해수욕장 뛰어들었다
마음 같아선 날아갈 기분이다
간밤엔 바다 위를 걷는 꿈도 꿨건만
헤엄치긴 배를 타듯 쉬운 게 아니어

바다여 - 나는 외쳤다
- 나에게 동년을 달라!
앞으로 손을 내밀었다
노를 젓듯 두 손을 뽑았다

그러면 바다는 부드러운 손길로
내 가슴을 어루만진다
- 용기를 내라! 힘을 내라!
청춘을 주마!

푸푸 바다의 짠물을 뽑으며
바다 복판을 곧바로 나아가니
동년이 내 앞에 다가서는가
그날의 소꿉친구들 모여드는가

바다는 나를 어린애로 만드는구나
바다는 쾌락의 물결이구나
오너라 동무야, 물장구 물장구다
물장구를 받아라!

자장가

밤, 활짝 열어젖힌 창문으로
은은히 들려오는 파도소리
고르롭게 들리는 바다의 자장가
나는 단꿈을 꾸었다

아침! 바다의 품에서 해님이 깨여나
불끈 창공에 솟아오르다
파도소리는 해님을 안고
조용히 불러준 자장가였구나
해여, 너도 나처럼
단꿈을 꾸고 일어났느냐

아니, 온 항구가 단꿈을 꾼 게다
수많은 바닷가의 어부들
파도의 자장가에 꿈을 꾸고
저만큼 일터로 달리는 것이어라

해님은 바다의 아들
너도 바다의 아들
나도 바다의 아들
항구의 뭇사람 모두다 바다의 아들
우리의 꿈은 하나다!

나는 푸른 숲을 사랑하노라

나는 푸른 숲을 사랑하노라
키 높이 자란 나무들은 하늘에
창을 들고선 용감한 투사들이 아닌가
숲 속에 들어서면 나도 투사다

나는 푸른 숲을 사랑하노라
하늘을 나는 새들은 어이하여
보금자리를 숲 속에 두었는가
푸른 세계 좋아하는 계절조
남으로 날아갔다 다시 돌아오거니
푸른 숲은 사랑의 품이어라

나는 푸른 숲을 사랑하노라
조약돌이 깔리고 샘물이 흐르는
축축한 오솔길은 누가 먼저 냈는가
오솔길에서 나는 다람쥐 재롱을
해 저물도록 취해서 보노라

나는 푸른 숲을 사랑하노라
나무 밑동에 걸터앉아 점심을 먹다가도
나는 문득 생각에 잠기노라
이곳에서 동물들이 오락회를 열었을까
저 안개 속으로는 선녀들이 나타날 듯
푸른 숲은 동화세계, 신화세계

나는 푸른 숲을 사랑하노라
인류는 어디서 불을 얻었는가
쓰러진 나무들이 비벼대는 곳에서
맨 처음 불을 얻었다
인류에게 불을 준 숲이여
너는 품안에 불바다를 안았구나

나는 푸른 숲을 사랑하노라
나는 숲의 푸름을 사랑하노라
나는 산지기 아바이가 부럽노라
산속에 자리 잡고 숲과 같이 숨쉬는
산에서는 청춘도 언제나 푸르리
산에 살면 심장의 불씨가 이글거리리

나는 푸른 숲을 사랑하노라
나는 푸른 숲에서 살리라

친 구

만나면 반갑게 인사말 나누고
좋은 말로 치쓸어 올리다가도
갈라지면 까맣게 잊는 친구
그런 친구도 있기는 하다
허나 이런 친구 나무라진 말라
그에겐 할 일이 많을 수도 있으리

한때는 "형님" "동생" 부르며
친구라는 말조차 부끄러울 지경
허나 돌아서면 헐뜯는 친구
그런 친구도 있기는 하다
어려운 경우엔 물속에 밀어 넣는
그런 친구를 멀리하라

"먹어라" "써라" 하면 친구요
술상을 떠나면 보고도 못 본 척
돈주머니 넘보고 사귀는 친구
그런 친구도 있기는 하다
술과 돈과 고기를 놓고
우정을 흥정하는 자 친구라 하랴

네가 나를 받들어주면 친구요
내가 너보다 높이 서야 친구다
남의 영예와 지위가 높아갈 때
질투심에 모대기는 친구
그런 친구도 있기는 하다
발뒤꿈치 무는 강아지
강아지 같은 친구를 삼가라

누가 참다운 친구인가
겉바른 우정은 우정이 아니다
금전과 우정은 인연이 없는 것
서로 이용하는 구멍수만 찾는
그런 수판도 팽개쳐야 하리
진정한 우정은 자기를 바치는 것!

징검다리

낙조 비껴드는 저녁이면 귓전에
은은히 들려오는 실개천 물소리
못 잊어라 그 실개천, 실개천 물 위에
가로 놓인 내 고향 징검다리

징검다리 올라서면 오붓한 마을
징검다리 넘어서면 휘우듬 고갯길
오며 가며 정들인 징검다리는
눈 감아도 떠오르는 추억의 다리

징검다리 내게는 목마였더라
미역을 감고 나와 가로 타고 놀던
징검다리 내게는 웃음이였더라
실개천과 함께 뛰며 떠들던

지금은 징검다리 나에게
그리움에 젖은 눈물이구나
징검다리 밑으로 실개천이 흘러가고
실개천과 함께 동년이 흘러갔나니

실개천 맑은 물 위에
비껴오는 송아지친구 하나 또 하나…
아, 달콤한 추억을 안겨주는 다리여
꿈에도 타고 노는 다리여

오늘도 고향의 어린 것들이
오구 작작 징검다리에 모여들겠지
이내 몸 그대로 징검다리 되고 지고
어린 것들 타고 노는 징검다리 되고 지고

밤 비

밤바람 세차게 울부짖다
소낙비 쏟아지는 이 밤
내 잠 못 이루고 모대기노라
장미야 스산한 이 밤에
너 홀로 정원에서 떨고 있겠지

빗살은 창문을 두드리누나
햇빛에 깨끗이 자래운 너를
그렇게도 못살게 굴다니?
하냥 웃던 네가 우는 게 아니냐?

창 밖의 나무도 모진 바람에
허리를 굽혔다 폈다 하누나
너도 모진 비바람에 못 이겨
쓰러지면 어쩌랴 나의 장미야
이리저리 흔들려도 꺾이진 말아

모진 비바람에 아름다운 꽃송이
보기 흉하게 이지러지고
꽃잎이 사처에 흩어지려나
잠 아니 오는 이 밤에 장미야
너를 두고 나도 울고 싶구나

바람 자고 비는 멎었다
아침 해살이 쏟아지누나
성급히 창문을 열어보니
오, 장미는 그 모습 그대로다
밤비를 머금어 더욱 예쁜 꽃송이

방금 미역을 감고 나온 해녀같이
물 구슬 털어버리는 꽃송이
날 보고 생긋 웃는 장미는
밤비 지난 뒤, 비 끝에
더더욱 사랑스럽다, 나의 장미는

사랑하는 모교여

- 상지조선족사범학교를 그리며 -

따스한 보금자리를 떠나
날개를 키워 준 요람을 떠나
남으로 북으로 훨훨 나래 쳐 갔습니다

해와 달이 갈마들수록
배움의 그 꽃시절이 못내 그리워
창공에 높이 떠 모교를 바라보며
오늘도 목놓아 우짖습니다 -

사랑하는 모교여!
상금도 무시로 들려옵니다
인자하신 선생님의 가르침
불멸의 노래되어
언제나 내 가슴 울려줍니다

우리와 더불어 지식의 대양을 헤어오던
그 잊지 못할 칠판과
손때 묻는 책상과
밝게 웃는 교실의 창문들

아, 꿈에도 만져봅니다
청춘의 단꿈을 키우던 그때
과학의 영마루를 오르리라
맹세를 다지던 그때가
한없이 그리워 몸부림칩니다

보람찬 인생의 길을 열어준
은혜로운 그 손길 차마 못 잊어
오늘도 조용히 불러봅니다 —
사랑하는 나의 모교여!

불행한 여인이여, 가련한 여인이여

- 미국 워싱턴공원에서 노숙한 집 없는 여인이 새벽에 일어나
자리를 거두는 장면을 보고 -

너의 나라엔 고층건물도 많더라만
네가 살 곳은 장의자뿐인가?
새우잠을 설친 사나운 꿈자리
괴로운 밤을 보냈으련만
오늘도 하루 무엇을 먹고 살아가려나
오, 불행한 여인이여, 가련한 여인이여

가진 것이란 오로지 헌 포대기 하나
재산이란 무언지도 모르리
행복이 무언지는 더더구나 모르고
말없이 웃음도 거둔지는 오랜 듯
수심에 잠겨 얼굴도 못 드는구나
오, 불행한 여인이여, 가련한 여인이여

사랑의 배반을 당한 것인가, 아니면
그 어느 공장에서 해고를 당했는가
집도 일자리도 없는 너를
동정해주는 사람마저 없구나
외로이 홀로 앉아 우는
오, 불행한 여인이여, 가련한 여인이여

부녀해방의 깃발을 날리던
'국제부녀절' 고향인 바로 그 땅에서
생존 권리마저 여인은 잃었구나
죄악으로 가득한 그 나라가
너를 저버린 줄을 아는가 모르는가
오, 불행한 여인이여, 가련한 여인이여

달러 한 푼도 품지 못한 가슴엔
태산 같이 쌓인 설음과 고통뿐
그 고통에 짓눌려 인간의 존엄마저 잃지 말라
부녀해방을 소리높이 외쳐 보려마
외치다 쓰러져도 너는 행복하련만
오, 불행한 여인이여, 가련한 여인이여

수리개

천리를 날아왔더냐
만리를 날아왔더냐
억센 날개를 저으며
폭풍을 뚫고 온 수리개 한 마리

어쩌다 잠깐 앉아 있는 쉼터도
아찔한 바위 끝-
너 무엇을 흘겨보느냐?
매서운 눈초리-

강산은 왜 여직도
헐벗었느냐고
꾸짖는 너의 눈길을
내 어이 모르리

구만리 창공을
초개같이 여기며
또 다시 만리 행로를
노려보는 수리개여

우리네 희망도
너의 억센 날개러니
새 장정 한길 따라 날으라
날으라 천만리 또 천만리

호랑이

따웅－
너의 울부짖음에
계곡이 갈라졌더냐

따웅－
너의 서리찬 외침에
놀란 폭포 천길 벼랑 내리 뛰누나

소리 없이
네가 지나간 곳에서
풀, 나무…수림도 위엄 떨친다

날카로운 발톱으로
한 걸음에 산 하나 넘는 너
산마루만 딛고 다니느냐

오, 장정의 길에서
세기의 영마루 뛰어넘을 우리네 기세
너와 다름없구나

처마 밑 고드름

내 집 지붕에는 봄눈
머리 위에 흰 수건 쳤는데요
처마 밑엔 고드름
반짝이는 진주가 주렁졌네요

즐거이 바라보면 내 집이
너울을 고이 쓴 얌전한 새 각시
웬일로 봄이 오는 이날에
방울방울 눈물을 흘리나요

얼었던 가슴이 녹아서
봄이 온다 하도 기뻐서
방울져 떨어지는 낙숫물
고마움에 젖어서 흐느끼네요

뜨락에 잦아드는 낙숫물소리
똘랑 똘랑-떨어지는 물소리
오, 복 받은 내 집의 새 각시
고마운 눈물로 봄노래를 엮네요

닭이 웁니다

닭이 웁니다
수탉이 나팔 불지요
새벽을 부릅니다
새벽이 온다고 알리지요

맨 먼저 누가 일어나셨나요
조반을 지으시는 어머니
그 다음에는 엄한 아버지
아버지는 아이들의 볼기짝을 칩니다

일어나라 일어나!
날이 샌다 날이 새!
아이들이 눈곱을 쥐어뜯지요
폭신한 이불을 개여 얹지요

낭랑한 글소리 울립니다
수탁이 날아내려 뜨락을 돕니다
잠꾸러기 있나 없나 기웃거리더니
수탉이 한 번 더 목청을 돋구지요

늪

여름에는 아이들이 물 속에서
물고기와 같이 헤엄치는 늪
꽁꽁 얼어드는 겨울에
거울 같은 얼음판 미끄럼질하는 늪
늪은 좋아라 어떻게 좋은지
그건 나도 몰라라

앞마을, 뒷마을 아이들
떠들썩하며 달려 나온 놀이터
흘러간 동년시절 그리워서 나도
겨울의 늪가엘 나와 섰노라
늪은 좋아라 어떻게 좋은지
그건 나도 몰라라

스케이트를 아니 신고도 한 발 미끄럼질
두 팔을 벌리고 십 미터 달린다
달리다가 넘어지면 뒹군다
뒹굴다가 붙안고 씨름 한다
늪은 좋아라 어떻게 좋은지
애들아, 너희들이 말해보렴

얼음 타기 얼마나 좋으면
누나가 점심 먹으라 불러도
못 들은 체하는 아이 있을까
귀를 잡아 비틀어도 아니 간단다
늪은 좋아라 어떻게 좋은지
애들아, 너희들이 말해보렴

-허, 이 늪에서는
나라의 장군이 나겠는 걸-
그 옛날 어른들이 말했지
오늘은 나도 이렇게 생각한다
늪은 좋아라 어떻게 좋은지?
너희들도 나도 좋아서 좋겠지

거울 같은 얼음 위에는
겨울 햇빛이 아이들과 함께 뛰논다
아이들의 웃음소리 쏟아지누나
쏟아진 웃음도 얼음 위에 뒹군다
늪은 좋아라 어떻게 좋은지?
먼먼 훗날에 물어보라지

아 조선아

내가 나서 태어난 곳은
강원도 양구군 해안면 만대리
전쟁 전에는 북반부에 있던 것이
전쟁 후에는 남반부에 넘어갔구나

일제의 군화에 짓밟혀 36년
지금은 남북으로 갈라져 36년
아, 치욕의 기나긴 세월을 두고
원통치 않느냐 부끄럽지 않느냐

조선아, 조선아 가슴이 터진다
조선아, 조선아 피눈물이 쏟아진다
나를 낳아 준 그대 무엇이 못나서
세계대전에 두 동강이 났는가

36년 세월이 짧던가
칠십여 년 세월이 짧던가
이날 이때까지도 용한 의사 없어서
그대 몸을 이어주지 못하는가

조선아 너를 구하자고 찾자고
얼마나 많은 아들딸들이
배를 가르고 피를 뿌리고
감옥에 들어가고 죽은 지 아느냐

손꼽아보라 다 헬 수 없으리
세계 방방곡곡에서
'조선아, 조선아' 너를 부르며
싸우다 죽은 이 얼마더냐

그런데 너는 여직도
신음하고 있구나 눈물을 흘리누나
꿈을 깨라 잠을 깨라 일어서라 조선아
어찌 두 몸이 된 채로 꿈틀거리느냐

너를 부르던 목소리 낮지 않았다
너를 위해 흘린 피 적지 않았다
너를 위해 잃은 목숨 많기도 하다
허나 너는 그렇게도 매정하단 말이냐?

아, 조선아, 조선아 너는 죽지 않았다
올라서라 수술대에 수술을 받으라
시간을 지체하면 몸이 썩는다
시간을 다투라 조선아, 조선아

어서 한 몸이 되어서 일어서라
네가 한번 몸을 뒤척이면
권세다툼을 하는 망나니들
모조리 동해에 굴러 떨어질 게 아니냐

남반부 북반부 형제자매들이
분계선의 담벽 박차고
얼싸안으며 눈물 흘리는 걸
아, 봤으면 난 죽어도 원이 없겠다

조선아, 조선아
나를 낳아준 고향땅이여!

두만강 여울소리

두 나라 하늘이 비꼈네
이마를 맞대고 푸른 물에
두 나라 산이 비꼈네
친선의 손을 잡고 푸른 물에

알른거리는 꽃무늬 고이 비껴
즐겁다 깔깔 웃어대는 여울소리

너는 내게 웃음을 주었지
너는 내게 노래를 주었지
오늘도 너의 기슭에서 부르나니
오, 나의 노래도 여울소리
두만강 여울소리

비 오는 날에

누가 저 하늘의 구름 뒤에서
우주의 악단을 지휘하는가
번개를 지휘봉 삼아 휘두르며
이 땅에 장엄한 교향곡을 울리는가

우레는 둥둥 북을 치고
바람 스치는 나무는 첼로를 켜고
냇물은 가야금을 띄우는데
온 우주가 대합창을 하는구나

쏴-쏴- 쏟아지는 빗소리
길짐승 날짐승은 질겁을 먹었으나
달팽이는 껍질 속에 숨어버렸으나
우리는 대지의 한 복판에 나섰다

이 땅의 교향곡에 발을 맞추며
비바람 속에서 꿋꿋이 걸어가나니
우주의 티끌 말끔히 가셔지고
현대화의 언덕 위에 조국은 일어서리라

새들이 우짖네

꽃나무는 앞뜰에 심었습니다
과일나무 뒤뜰에 심었습니다
새벽이면 새들이 날아들지요
앞 뒤뜰에 굉장히 우짖습니다

나의 꿈 깨우노라 지저귀고는
즐겁다 노래를 불러줍니다
저희들 노래를 듣나 안 듣나
창문을 기웃기웃 살펴보지요

꽃가지 스치는 창문가에서
휘-휘 호호 나도 휘파람을 붑니다
새들은 재미난다 지저귀지요
귀청을 간지럽도록 우짖습니다

새들이 우짖어 꽃은 피지요
새들이 우짖어 과일 열리지요
꽃도 웃고 나도 웃는 새벽입니다
노래 속에 젊어 사는 아침입니다

꽃 잎

한 잎 또 한 잎
꽃잎이 지네 꽃이 지네
오래오래 두고 보자고
꽃을 꺾기 저어했더니

저절로 절로
꽃잎이 지네 꽃이 지네
그다지도 이르게
그다지도 아쉽게

뭇사람 눈길을 끌더니
뭇사람 마음을 끌더니
바람 한 점 없는 날
절로 지네 꽃이 지네

지면서도
춤을 추며 내리는 꽃잎
고이 키워 준 땅을 못 잊어
고마운 품에 안기네

봄이 간 땅 위에
하얗게 빨갛게 내리네
꽃잎은 지면서도 땅 위에
꽃단장 시키네

기특한 마음을
어지럽히면 어쩌리
어여쁜 꽃이 지며 내리는
땅도 어여뻐

핀 꽃은 꺾지 말자고
진 꽃은 밟지 말자고
내 멀리 돌아 에돌아 걸었네
한 잎 또 한 잎 웃으며 내리는 꽃잎 보고

낯선 어머님 한 분

낯선 어머님 한 분
콩나물 광주리 들고 가시다
내 옆에 비켜서서 길을 내시니
이런 송구스런 일이라구야

머리는 검은 오리 하나 없는 백발
치아도 한 대 없는
얼핏 보아 칠순 되는 어머님
나젊은 사람 앞에 길을 양도하시니
남존여비 사상에 푹 젖었음이 아닐까

내 감히 길을 걷지는 못하고
깊은 생각에 잠겼네
낯선 어머님도 처녀시절엔
수줍음 잘 타는 아가씨였으리
예절과 길쌈에 소문났으리
허나 나의 어머님처럼
학교 문 못 가보시고
고방살이 하시다 출가하셨으리

잔소리 많은 시부모를 섬기고
나어린 남편을 섬겼으리
노랑두 대구리 언제나 길러
내 낭군 삼나? 하듯
어린 셋방 오줌자리 갈아주셨을까?

시집살이 수십 년 가마목에서
맛 좋은 음식은 시부모와 남편에게
자신은 물 누룽지로 끼니를 에웠으리
치아가 죄다 빠진 이날 이때까지

낮이면 조막호미 들고나가
돌밭기음을 매셨으리
머리엔 나물광주리 이셨으리
그러게 저렇듯 허리가 휜 게 아닐까?

아니, 낯선 어머님은
자식들도 많이 나으셨으리
옛날엔 아들딸 열셋은 보통이니
숱한 잔밥들을 기르시느라
낯선 어머님은 뼈만 남으신 게지

자신은 배고파 치마끈 조이면서도
떡 조각 하나 생기면
자식들에게 갈라주시고
자신은 냉수를 마시셨으리

손톱으로 긁어모은 돈으로
어린 자식 학비를 마련하시고
아들딸의 장래를 두 손 모아 비는
그 성스런 마음 깊어지신 어머님

아들딸의 출세를 기뻐하시며
자신의 향락은 따질 줄 모르는 분
새 며느리 들어온 뒤에도
한 가정 살림에서 손을 안 떼는
아 겨레의 근면한 어머님이여

어머님이 뒷일을 맡아 나선들
자식들이 얼마만이라도 알아주실까?
응석받이로 자래운 아들이면
어머님은 그 봉창 툭툭이 받으리

자식들이 어머니를 어떻게 모실까?
며느리는 이악스럽지 않을까?
웬일인지 태산같이
쌓이는 근심이여

아니면 그 모진 세월에
어머님은 자식을 죄다 잃으셨는지
아니면 성스런 싸움에
끝날같은 아들을 바치셨는지?
의지가지없는 어머님이면
즐거이 내 집에 모시고파
들고 가시는 콩나물 광주리도
어머님 집에 가져다드리고파

어머님 어서 길을 건너가시라고
조용히 어머님 뒤를 돌아갔네
수굿하니 서계신 낯선 어머님에게
마음속으로 깊은 절을 올렸네

어머님이여 낯선 어머님이여
그 고생 그 공로 이루다 헤아릴 수 없나니
이제는 만년을 웃음으로 보내소서
즐거운 노래로 춤으로 지내소서

인간을 사랑하라

인간을 사랑하라 —
복 많이 받은 사람에게는
이 말을 하나마나 매양 한 가지
불운한 사람을 두고
불쌍한 불구자를 두고
고아를 두고 거지를 두고
나는 말한다 인간을 사랑하라고

언젠가 내 한 번은
억울한 모자 쓰고 눈물짓는
나 젊은 대학생을 동정했다가
하마터면 나도 곤두박질 칠 번했다

출신이 좋지 않은 처녀와
사랑의 손길을 잡고는
천대와 멸시와 의심도 받았고
남몰래 눈물도 지었노라

언젠가 또 한 번은
거지 아이를 동정한 시를 썼다가
사회를 모독했다는 죄명도 썼노라
모를 일이다 동정도 죄란 말인가?

분명히 불운한 사람이 있건만
분명히 고아가 울고 있건만
분명히 거지아이 손을 내밀건만
혹자는 눈을 딱 감고
고아도 거지도 '없다' 잡아떼누나
함부로 사회를 모독 말라 질호하누나

세상의 부대낌 속에서
우리의 성질도 어지간히 사나와졌구나
인간을 쌀쌀히 대하는
고약한 버릇이 생기지 않았는가
이제는 양심의 가책을 받을 때로다

흘러간 세월이 남겨놓은 불행이
낡은 사회가 남겨놓은 흔적이
그래 우리 몸 곁에 적단 말인가
우연히 불행으로 헤매는 사람이
그래 우리 몸 곁에 없단 말인가

내 외치노니 그대들이여!
인간을 사랑하라!
아니면 하느님이여
불운한 사람을 업신여기는 자에게
고아와 거지에게 돌멩이질 하는 자에게
천벌을 내리라!

말 한 마디

그대의 말 한 마디에
얼었던 내 마음이
싹 풀렸습니다

그대의 말 한 마디에
눈물 고인 이내 눈이
웃었습니다

그대의 말 한 마디에
안타까운 내 가슴 재가 되다
다시 끓었습니다

어려운 경우에
천금 주도고 바꾸지 못하는
따뜻한 사랑의 한 마디

사랑의 한 마디 내 마음에는
위안입니다 믿음입니다
복이 옵니다

밤

사랑을 속삭이는 밤은 짧으나
짝사랑에 모대기는 밤은 길더라

석별에 우는 밤은 짧으나
한가로이 보내는 밤은 길더라

즐거이 춤추는 밤은 짧으나
번민에 뒤척이는 밤은 길더라

내에게로 오, 나에게로는
짧은 밤만 오너라! 긴 밤은 가거라!

양심의 고백

- 시인 송정환에게 -

시인의 가슴 속에서
숨쉰다 나는
시인의 글줄 사이에서
활개 친다 나는

명예도 지위도 바라잖고
오로지 그대를 위하여
시혼이여 나는
산다 양심인 나는

세월의 부대낌 속에서
시달림 받았다마는
언제나 깨끗한 마음-
병마가 수시로 엄습을 해도
언제나 굳센 의지-

나는 그대! 그대는 나!
시인이여 그대의 필촉 끝에서
소리쳐 울며 웃으며
한평생 살리라 양심인 나는

시인을 사랑하라

권커니 함부로 그대여
시인을 노엽히지 마시라
시인은 이글거리는 불덩이
건드리면 삼단 같은 불길이 일어나리

진리의 시구를 알 수 없거든
차라리 침묵을 지키라
경솔히 비방하진 마시라
어리석은 무지가 드러나기 전

시인을 사정을 두지 않는 사람
그네들의 시구는 우레와 같아
만민의 가슴을 흔들지 않던가
시인은 인민의 대변인ㅡ

원하노라 진심으로 그대여
시인을 마음 깊이 사랑하시라
시인을 아끼는 나라는 흥하고
시인을 잃은 인민은 불행하여라

시골사람 도시사람

시골사람

여보시오 우리네 시골에서는
얼음과자 먹고프면 오이를 따지요
사이다를 먹고프면 샘물을 마시지요
단 것이 생각나면 엿을 다리지요
아이들이 기차를 타고프면
버들초리 타고 뛰어다녀요

도시사람

그런가요 우리네 도시에서는
꽃과 사슴 보고프면 공원에 가지요
논밭을 보고프면 영화관에 가지요
승강기를 타고 층집을 오르내리니
산에 오르고픈 생각이야 없지요
시골의 공기처럼 깨끗하진 못하나
모기와 등에, 파리, 어애는 없어요
도시는 좋아요 천당 같애요

시골사람

우리네 시골도 나쁘진 않아요
모기, 등에, 파리, 어애가 있지만
남의 돈 떼먹는 협잡꾼은 없어요
지위다툼, 아귀다툼, 시기질투하고
이간을 일삼는 망나니가 없어요
남의 집 뜨락에 구정물 버리다가
말다툼이 생기는 일은 더구나 없어요

도시사람

오, 그러게 도시사람 도시가 좋아 살고
시골사람 시골이 좋아 사누만

호미에 대한 생각

땡볕에 등가죽이
몇 겹이나 벗겨졌을까
주먹 땀이 곡식포기에
몇 동이나 쏟아졌을까

오늘도 이 손에 호미잡고
이랑을 긁으며 나는 간다
이랑을 허비며 나는 온다
선조들이 물려준 유물을 휘두르며

목에선 타는 듯한 겻불내
팔뚝에는 핏줄이 풀떡풀떡 올려 뛴다
가슴에는 낭만이 차고 넘치나
허리 아픈 김매기 퍼그나 고달픈 걸

호미 만든 선조들이
땅 밑에 뼈를 묻은 지도 몇천 년?
후손들은 오늘도 허리 굽혀 기음매며
선조들에게 절을 하는 줄 아는가

먼먼 훗날에도 후손들에게
호미를 넘겨줘야 할 거냐
그때면 그 애들이
무슨 생각 할 거냐?
우리에게 감사를?
아니면 원망을?

땅에서 나는 곡식 달게 먹는 사람들아
조용히 눈을 감고 생각해보자
몇천 년 내려온 호미를
인제는 기계로 바꾸었으면─

이것이 농민의 불붙는 염원이다
아느냐, 친구여!

꽃 잔

상금도 불을 뿜는 듯한 금 바위
용문봉이 열어준 큰 문에 들어서니
백두천지가 불로주 큰 잔을
구름 속에 높이 들고 섰구나

인민의 건강을 위하여
나라의 부강을 위하여
축배의 잔을 기울여 흐르는 물은
송화강 두만강 압록강수라

머리 들어 서쪽을 바라보니
사시절 구름을 이고 선 백운봉
그 곁엔 푸른 옥이 병풍 두른 청석봉
칠색무지개로 천지에 잠겼어라

또다시 동쪽을 바라보니
사나운 수리개의 부리 같은 천문봉
창공에 머리를 번쩍 쳐들고
백두의 뭇 봉을 굽어보누나

남으로는 8월에도 백설이 쌓인 듯
백설과 흰 돌을 분간키 어려운데
그 누가 지었는지 이름 좋다 옥설봉
제운봉과 와호봉은 어깨를 걸었구나

이끼 오른 지반봉엔 말사슴이 뛰놀고
아름다운 화개봉엔 꽃구름이 걸렸구나
봉을 봐도 무지개 물을 봐도 무지개
열여섯 백두봉은 기묘한 꽃 잔이라

가는 해를 붙잡고 예서 즐길까
백두의 꽃 잔은 보기에도 황홀한데
불로주 천지 물을 몇 모금 움켜 마시니
산간의 하루해가 3천 년이 분명구나

온 천

먼 곳에서 바라볼 때는
백 가지 빛을 다투는 꽃밭이요
가까이 다가서서 볼 때는
돌과 물이 어울려 부글부글 끓네

화산이 터진 지 몇 백 몇 천 년인데
여직도 붙던 불이 남아서
백두온천이 끓고 있는고?
오, 백두심장은 불덩이로다

밤낮으로 진수성찬 마련하는지
흰 김이 뽀얗게 서려 오르고
푸른 이끼 노란 우황이
돌무지에 한 자 두께로 꽃을 피웠네

천 년을 두고두고 끓었으니
만 년을 두고두고 꽃을 피우리
이 땅의 자랑 백두온천은
조국의 후더운 사랑의 물줄기

아, 온수에 목욕을 하고 나서니
겨레에 바칠 청춘 정열이
끓임없이 용솟는 백두온천인양
이내 가슴에 부글부글 끓네

-평 론-

『샘물이 흐른다』를 읽고

[북경대학 교수] 최응구, 리용식

시인 리상각은 최근에 그의 서사시집 『만무과원 설레인다』를 발표함과 때를 같이하여 서정시집 『샘물이 흐른다』를 세상에 내놓았다.

필자는 우리 시단에서 또 하나의 자랑으로 되는 그의 서정시집을 아주 기쁜 심정으로 읽었다.

시인 리상각은 1959년부터 1980년 사이에 창작된 서정시들 가운데서 70수를 골라 시집 『샘물이 흐른다』에 「당을 따르는 마음」, 「샘물이 흐른다」, 「황금계절」, 「나래치는 청춘」, 「변방선의 길」 등 다섯 부분으로 나누어 실었다.

그러면 이제부터 우리는 시집 『샘물이 흐른다』에 실린 시들을 통하여 시인 리상각의 서정시들의 사상-예술적 특성에 대하여 얼마간 더듬어 보기로 한다.

1

시인 리상각의 서정시들은 우선 현대성의 원칙으로 일관되어 있다.(중략) 다양한 주제들을 통하여 인민생활의 이모저모를 폭넓게 보여주고 있으며 사회주의건설의 위대한 성과, 근로자들의 노력적 투쟁, 행복한 생활을 제때에 반영함으로써 인민대중에게 긍지와 신심을 갖다 주고 그들을 너 큰 승리로 고무하고 있다.

리상각의 서정시들의 현대성은 또한 그의 시들이 인민대중의 사상 감정을 충실히 대변한 데서 나타난다. 시, 더욱이 서정시는 시인이 끓어 넘치는 혁명적 격정을 안고 인민대중의 가슴속 깊이에 묻혀있는 그들의 진실한 사상 감정을 제대로 반영했을 때에야 만 독자의 가슴을 칠 수 있는 것이다.

> 그대들이 휘뿌린 더운 눈물 비가 되어
> 강토에 쏟아지니 창망한 대해요
> 주 총리를 부르는 애끓는 그 소리에
> 눈물바다 솟구쳐 울부짖는 창파로다
>
> 그이를 부르는 청명절의 애곡성
> 천안문도 숙연히 머리를 숙였더라
> 그이를 그리는 눈물에 젖어
> 온 나라가 흐느끼는구나

이것은 서정시 「4·5운동의 영웅들을 노래하노라」의 한 구절이다. 이와 같이 우리는 리상각의 서정시의 거의 매 편들에서 인민대중의 진실한 사상 감정을 읽게 되며 깊은 감명을 받게 된다. 이것은 시를 어디까지나 인민대중의 사상 미학적 지향에 맞게 쓰려는 시인의 고심한 노력의 자연스러운 귀결이다.

실로 우리는 시인 리상각의 서정시들에서 우렁찬 시대의 발걸음소리를 들을 수 있으며 진실한 인민대중의 목소리를 들을 수 있다.

2

리상각의 서정시는 시대의 감정을 전형화 함에 있어서 고도의 집중과 개괄로 특징적이다. 전형성의 문제는 문학예술에 속

하는 모든 문제에서 다 같이 중요한 것으로 되지만 보다 제한
된 시행 속에 많은 사상 내용을 담아야 할 서정시에서는 더욱
그러하다. 서정시는 시대의 감정을 집중적으로 전형화하고 예술
적으로 개괄했을 때에야 만 독자들로 하여금 몇 줄 안되는 시
행 속에서 시대의 정신과 맥박을 들을 수 있게 할 수 있으며
강한 여운을 남기면서 그들의 심금을 울릴 수 있다. 우리는 리
상각의 시집 『샘물이 흐른다』에서 이와 같이 씌어진 시편들을
많이 볼 수 있게 된다. 그의 근작으로 된 서정단시 「가로수」는
그 일례로 될 것이다.

> 한발도 옮겨 설 줄 모르는 가로수여
> 자유로운 행인들이 부럽잖느냐?
> 아니요-가로수가 대답하는 말
> -오고 가는 행인들께 그늘을 주려고
> 차라리 나는 선 자리에 발을 묻었소

　이것은 서정시 「가로수」의 전문이다. 비유와 의인법으로 된
이 5행 단시는 우리에게 많은 것을 이야기해주고 있다. 우리는
이 시를 읽으면서 어느 한 공장에서 대륙간탄도로게트의 자그
마한 부속을 정성껏 만들고있는 이름 없는 노동자들을 생각하
게 되며 이름 높은 과학원에서 연구사들의 실험을 위하여 실험
실을 깨끗이 소제하고 실험준비를 하는 청소부들과 실험원들도
생각하게 되며 이름 있는 학자들과 영웅들을 양성하기 위하여
매일 같이 교육사업에 힘 다하는 선생님들을 생각하게도 된다.
이밖에도 식당의 취사원들, 상점의 판매원들, 기계수리공들, 표
파는 사람 그리고 다른 사람의 성과와 행복을 위하여, 4개 현대
화의 실현을 위하여 자기의 명예와 이익은 아랑 곳 없이 꾸준
히 몸 바쳐 싸우는 천백 만 이름 없는 영웅들을 생각하게 되며
그들의 고상한 풍모에 머리 숙이게 된다.

시인 리상각은 남들의 행복을 위하여 자기의 모든 것을 바치는 이름 없는 영웅들과 그들의 고상한 정신적 풍모와 도덕적 풍모를 매일 같이 보는 길가의 한낱 평범한 가로수에 비유하여 보여주고 있다. 짧고 간결한 형식에 함축된 언어로 심각하고 풍부한 내용을 담았기 때문에 독자에게 강한 여운을 풍기면서 많은 것을 생각하게 한다. 5행 단시에 이와 같이 심각하고 풍부한 내용을 고도로 집중하고 개괄하여 담을 수 있는 것은 생활을 예술적으로 파악할 줄 아는 시인 리상각의 능력에 있다고 해야 할 것이다.

3

리상각의 서정시는 또한 낭만주의 색채가 짙은 것으로 특징적이다.

창작방법으로서의 낭만주의는 진보적 낭만주의와 반동적 낭만주의 그리고 혁명적 낭만주의 등 세 가지가 있다. 창작방법은 역사적 범주로서 사회주의시기의 창작방법은 혁명적 사실주의와 혁명적 낭만주의의 결합을 요구하고 있다. 사실주의와 낭만주의가 결합된 창작방법에 대해서는 일찍이 고리키와 모 주석께서 제시한 바 있다.

리상각의 서정시들은 기본적으로 사실주의창작방법에 의거하고 있음에도 불구하고 낭만주의적 색채가 짙다. 여기서 이야기하고 있는 낭만주의는 물론 사회현실과 유리된 낭만주의가 아니라 그 뿌리를 사회현실 속에 내리고 있는 혁명적 낭만주의다.

리상각의 서정시의 낭만주의적 색채는 시대의 정신과 감정, 시인의 열정과 염원이 환상과 같은 형식으로 작품에 구현되는 데서 나타나고 있다.

서정시 「유령의 공소」는 그의 좋은 예로 된다. 1930년대 항일

투사였던 '나'는 억울하게 민생단으로 몰리어 '내'가 원수에게서 빼앗아온 그 총으로 무참히 살해된다. 그런데 수십 년 후인 오늘 피 흘리며 해방의 새날을 안아 온 전우, 남몰래 '나'의 시체를 묻어준 그 전우가 또 '반역자'로 맞아죽어 '나의 곁에 고요히 누워있다.'

이와 같은 내용을 시인은 환상의 수법으로 '원혼이 된 나'의 피타는 공소의 형식으로 이야기하고 있다. 시인은 애타게 그리고 힘차게 부르짖고 있다.

> 물어보자 이 나라 강산아, 너는
> 원혼이 된 사람을 묻는 땅이냐?
> 이 나라 하늘아, 너는
> 비극을 못 보는 눈먼 소경이냐?
>
> 다시는 동지를 살해하는 일이 없도록
> 원하노니 하늘이여 땅이여
> 빛나는 우리의 당사에도
> 역사의 두 비극을 적어 넣으라!

이와 같이 시인의 불같은 감정이 낭만과 하나로 되어 솟구쳐 오르기 때문에 독자의 심금을 강하게 울리고 있다.

리상각 서정시에서는 낭만주의에 고유한 묘사수법들인 상징법, 비유법, 과장법, 대조법 등의 문체론적 수법들과 자유분방한 서정, 격동적인 언어표현들이 많이 쓰이고 있다.

'꽃이며 새들이며 인삼과 노루 사슴도/ 나와 함께 즐거이 웃으며 뛰놀거니', '산비탈에서 나뭇단을 툭 차면/ 뜨락으로 굴러든다는 두메', '써레질하는 젊은이 번개를 잡아타고/ 운반조 지게엔 청산을 얹었구나'와 같은 과장법들이 많이 쓰이고 있는가 하면 '계수나무 품에 안은 달님인줄을/ 그대여 그대도 아시겠지요', '푸른 볏모 한 수레 붉은 정성 한 수레', '황금벼 폭포마냥 쏟아져 내린' 등과 같은 비유법들, 더욱이는 과장된 비유가 많이 쓰이고 있다. 그리고 '속으로 붉게 익은 수박은 잘도 고른다만/ 붉게 붉게 타 번지는 내 마음은 몰라주네', '꽃구름 타고 내려와 비단을 짠다는/ 장백의 선녀는 어디 있느뇨?' 등과 같이 대조법, 자유분방한 서정들이 많이 나타나는가 하면 앞에서 본 서정시 「가로수」에서와 같이 상징법들도 적지 않게 쓰고 있다.

이와 같이 낭만과 결부된 다양한 문체론적 수법의 사용은 시의 표현성을 한결 높여준다.

4

서정시집 『샘물이 흐른다』에서 우리는 시인이 자기의 서정시들에 민족적 특성을 부여하기 위하여 애쓴 흔적과 그로 하여 얻은 커다란 성과를 볼 수 있다.

우선 시인 리상각은 조선민족의 풍속세태, 민족습관 등을 훌륭히 시작품에 끌어들임으로써 시의 민족적 풍치를 한층 돋구어주고 있다.

> 울밑으로 굴리는 덩실한 애호박이며
> 텃밭의 올감자로 장을 지져 놓구요
> 두 볼로 미여지게 상추쌈도 싸지요
> 점심참 풋고추를 듬뿍 뜯어가지고
> 집으로 들어서는 여름은 좋아요

이것은 서정시 「여름은 좋아요」의 한 구절이다. 그 얼마나 민족적 향취가 풍기는 시구들인가. 이 외에도 '고깃국 찜 쪄 먹을 구수한 토장국/ 새알당콩 오르르 군침 도는 햇이밥', '처마 밑엔 마늘다래 고추다래 치렁치렁/ 아낙네들 통배추김치 독에 해 넣는데'를 비롯하여 조선족의 풍속세태와 민족적 특성을 반영하는 '농악무', '장구', '상모댕기', '망짝', '똬리', '방치' 등과 같은 단어들이 시어로 되어 쓰이고 있음을 도처에서 볼 수 있다.

시인 리상각은 이와 같은 민족적 특성을 환경묘사와 초상묘사에서 뿐만 아니라 인물들의 행동묘사에까지 능란하게 끌어들이고 있다.

> 동이에다 샘물을 길어가는 처녀들
> 옷고름 어깨너머 슬쩍 집어 넘기며
> 흐르는 물방울 손등으로 씻으며
> 노을을 지르밟고 아침 인사 보내네
>
> ―「황금계절」에서

이른 아침 물동이를 이고 물을 긷는 조선족처녀들의 모습이 보이는 듯 생동하게 안겨온다.

이상에서 본 민족적 정취가 풍기는 구수하고 생동한 묘사들은 조선민족인민의 생활에서만, 조선족시인의 시에서만 찾아볼 수 있는 독특한 민족적 풍격이다.

리상각 서정시의 민족적 풍격은 또한 그의 시의 민족적 형식 더욱이는 운율조직에서 잘 나타나고 있다.

장단식 운율에 속하는 조선어 자유시는 주요하게 어음의 장단을 표시하는 운율조직에서 잘 나타나고 있다.

시인 리상각은 「풍년메나리」를 비롯한 자기의 서정시에서 3·3·3·4, 3·4·3·3, 3·3·4·4, 그리고 7·5조 등을 비롯한 조선어 민요형의 음수율을 자유시에서 창조적으로 도입하여 자기의 풍격을 이루고 있다. 따라서 그의 시들은 유창하면서도 우아하고 명랑한 감을 준다. 이와 같이 시인 리상각은 그의 서정시들에게서 조선어 시가의 운율적 관습에 잘 어울리는 형식들을 적절히 이용하고 있기 때문에 시의 민족적 정서를 더한층 가미해주고 있다.

5

시인 리상각은 시어의 사용에서도 자기의 특성을 보이고 있다.

우선 그는 조선어에서 가장 이채를 띤 상징부사들을 아주 다양하게 쓰고 있다.

> 맑디맑은 샘물에 찰랑찰랑 헹구고
> 기름간장 재우면 천하 일미라
> 펄펄 뛰는 생선도 울고 간다고
> 떠들썩 주고받는 우스개 소리

> —「도라지」에서

이외에도 '발걸음은 사뿐', '논꼬 물은 조 졸졸… 내 가슴도 조졸졸', '불긋불긋 진달래꽃', '상모댕기 빙글빙글', '맑은 냇물…돌돌', '방치소리 찰딱찰딱', 폭포수 '우르르 콸콸', 금파도 '넘실', 감로수 '철철', 탈곡기 '우르르 텅텅', 전기가 '번쩍' 그리고 '왈왈', '삐뚝빼뚝', '쭉쭉', '뚝뚝', '씽씽', '쫙쫙', '와들와들', '와-와' 등과 같은 상징부사들이 대단히 많이 쓰이고 있다.

시인 리상각은 이와 같이 조선어에 가장 발달되어 있는 상징부사들을 잘 가려서 적절하게 씀으로써 생동성, 명료성을 비롯한 여러 가지 훌륭한 표현적 효과들을 거두고 있으며 묘사되는 대상의 미세한 감정-정서적인 차이까지도 잘 보여주고 있다.

그리고 시인 리상각은 자기의 서정시들에서 다양한 문체론적 수법들을 능란하게 다루고 있다. 앞에서 이야기된 비유법이라든

가 과장법 등 어휘－문체론적 수법은 말할 것도 없고 조선어작
시법에 절실히 필요한 대구, 대조, 반복, 전도 등의 문장－문체
론적 수법들을 활발히 운용하여 좋은 표현성과 운율성을 거두
고 있다. 서정시 「보노라 못 잊어 가다 또 한 번」은 사이반복과
꼬리잡이 반복법을 이용하여 좋은 표현성과 운율성을 거둔 훌
륭한 시작(詩作)으로 된다.

우리는 시집 『샘물이 흐른다』에서 동의어와 반의어들을 세심
하게 취사선택하고 사용한 점을 통해서도 시어를 다룸에 있어
서의 시인의 진지한 태도를 볼 수 있다.

시인 리상각의 시어사용에서의 다른 하나의 특성은 시화된
생활어휘들의 사용이다. 서정시 「목릉강반은 내 고향」에서 그
일례를 보기로 하자.

목릉강 물이 좋아 물속에
알몸으로 뛰어들어 물장구치던
어린 시절을 두고 온 내 고향

두 손으로 마구 움켜낸 물고기를
버들초리에 꿰들고 마을로 돌아오던
아 그때도 어언간 옛날이건만

세월이 갈수록 보고 싶구나
완달산에 올라 개암 뜯던 동갑내기들
헝겊 공을 함께 차던 송아지친구들
언덕에 피어난 민들레를 꺾어들고
좋아라 깔깔 웃던 정든 그 소녀

그리고 '풋강냉이 하모니카를 불던 여름저녁이며/ 둘러 앉아
가을점심 떠먹던 논두렁이', '눈을 감아도 삼삼히 떠오른다' 어디
그뿐인가. 얼굴 한 번 붉힌 적 없는 정다운 이웃사이, 인품 좋은

내 고향이 아니었던가.

이와 같이 시화된 생활어의 다채로운 사용은 표현의 평이성 뿐만 아니라 향토적이고 민족적인 향취가 구수하게 풍겨오게 한다.

제한된 편폭에서 시인 리상각이 그의 서정시들에서 거둔 사상-예술적 성과를 다 이야기할 수는 없다. 그러나 이상의 고찰을 통하여서도 리상각의 서정시들은 우리 민족시가의 전통을 계승 발전시킴에 그리고 우리의 시단에 기여한 바가 크다는 것을 알 수 있다.

물론 그의 서정시들은 아직 부족점들을 갖고 있다. 주제와 제재가 다양한데 반하여 아직 어떤 시들은 깊은 내용을 담고 있지 못하며 메마른 논리적 연계가 시의 정서적 운동을 방해하는 현상이 있으며 시어의 사용에서도 아직 완벽하지 못한 것 등이다.

필자는 시인 리상각이 자신의 미숙한 점들을 조속히 퇴치하고 보다 훌륭한 시편들로 우리의 시단을 더욱 아름답게 장식하리라고 믿는다.

「보노라 못 잊어 가다 또 한 번」에 대하여

[문학평론가] 조성일

기발한 착상

일반적으로 시가창작은 다른 문학창작과 마찬가지로 기발한 착상을 전제로 한다. 창작은 그 고유한 의미에서 새 것의 창조이며 새 것의 창조는 새 것의 발견이 없이 이루어질 수 없다. 새 것의 발견은 기발한 착상에 의해서 달성될 수 있다. 남들이 흔히 발견하고 생각해내지 못하는 것을 찾아내는 여기에 시인의 고심이 있으며 여기에 또한 시인의 기쁨과 자랑과 보람이 있다. 리상각의 이 서정시는 기발하게 착상된 참신한 서정시이다.

> ……
> 산발을 주름잡아 달리는 길에
> 서둘러 금은보화 찾아갈 몸이
> 고운 꽃을 꺾기는 송구스러워
>
> 다가섰다 물러서며 나는 보노라
> 꽃향기에 함박 취해 나는 보노라
> 꽃 속에 담아 핀 인민의 기쁨을
> 꽃처럼 피어날 우리의 미래를
>
> 우리의 미래를 안고 핀 꽃이여
> 꽃향기 그윽한 천봉만학을

날아 넘어가는 마음 하도 즐거워
보노라 못 잊어 가다 또 한 번

탐사의 길에 오른 서정적 주인공은 우거진 푸른 숲 속에 곱
게 핀 함박꽃송이를 발견하다. 그는 이 꽃송이 속에서 탐사대원
들에 대한 인민들의 사랑을 느끼며 인민의 기쁨과 꽃처럼 피어
날 조국의 미래를 동경한다. 서정적 주인공에게 있어서 이 꽃은
인민의 기쁨에 대한 상징이며 조국의 미래에 대한 상징이다. 하
여 그는 그토록 함박꽃송이를 아끼고 사랑하는 바, 다가섰다 물
러서며 바라보고 가다가도 못 잊어 또 한 번 돌아다본다.

이 얼마나 살뜰한 감정인가! 실로 이는 기발한 착상이다. 여
기에는 시인의 독창적인 발견이 있다. 우리는 이 서정시를 통하
여 서정적 주인공－탐사대원의 선량하고 순결하고 아름다운 마
음씨, 현대화의 실현을 위하여 금은보화를 찾아 천봉만학을 날
아 넘는 슬기로운 모습을 감지하게 된다.

생생한 예술화폭

자연에 대한 리상각의 묘사에서는 세부들의 특징적 포착과 그
것들의 정확한 배열에 의한 정경의 선명성, 일정한 분위기의 정서
적 심화를 추구하는 특징적 세부의 확대와 그 일관성이 두드러진
특징으로 되고 있다. 이는 훌륭한 화가의 솜씨 있는 화필을 연상
시키는바 그만큼 자연에 대한 묘사는 회화적 묘사에 가깝다.

반갑다 오던 비여, 오던 비 끝에
황금햇살 쏟아져 한결 푸른 산
푸른 산에 구으는 진주이슬을
지르밟고 탐사의 길 나는 가노라

가는 길, 길섶에 물 구슬이 돌돌
조약돌도 보석처럼 반짝이는 길
가노라니 우거진 푸른 숲 속에
곱게도 피었구나 함박꽃송이

꽃 속에, 비이슬에 젖은 꽃잎에
수줍게도 발그무레 물든 노을빛…
방긋이 입을 열고 웃음 짓더니
조국이 주는 꽃을 받으라시네

이 얼마나 아름다운 풍토적인 화폭인가! 이 화폭이야말로 모든 사람들이 잊을 수 없는 조국의 인상이다. 그만치 여기서는 한량 없는 향토애와 조국애가 기묘하게 융합되고 있다. 오던 비 끝에 황금햇살 쏟아져 한결 푸른 산, 구으는 진주 이슬, 보석처럼 반짝이는 조약돌, 비이슬에 젖은 꽃잎에 수줍게도 발그무레 물든 노을빛, 방긋이 입을 열고 웃음 짓는 꽃… 등 풍물적 표상들이 모두 제 자리에서 조국의 산천초목에 사랑의 눈길을 돌리는 서정적 주인공—탐사대원의 감정과 처지를 특징화하는데 유력하게 복무하면서 시에 맑고 명랑하고 우아한 색채를 더해주고 있다.

민요풍의 운율

시의 운율은 시의 음악성의 표현이며 자체의 음조로써 시에 담긴 사상 감정을 정서적으로 심화시켜 주는 유력한 수단이다.

황금 햇살 쏟아져/ 한결 푸른 산
　　　7　　　　　　5
보노라 못 잊어/ 가다 또 한 번
　　　6　　　　　5

이 서정시의 음조는 우리 조선족의 전통적인 시가에서 흔히
볼 수 있는 7·5조를 기본으로 하면서 6·5조를 재치 있게 도
입하고 있다. 이런 음조에 의한 운율은 명랑하고 유창하며 그
정서적 파도가 다단하고 박력이 있다. 시인은 이런 음악적 율조
를 통하여 시의 사상을 한결 더 정서화 하고 있다. 리상각의 이
서정시는 우리 민족의 독특한 아름다운 서정미를 비교적 훌륭
하게 살리고 있으며 그에 따라 시의 음조와 어감에 있어서 민
족적 정서가 그윽하게 흐르고 있다.

· 저자 ·   리상각

· 약력 ·   1936년 강원도 양구 출생.
중국 동북으로 이주.
연변대학 졸업.
《연변문학》총편, 연변작가협회 부주석, 중국작가협회 회원, 미주세
계시인회 회원, 중국음악가협회 회원.
미국 샌프란시스코국제문화대학 초청 강의, 한국 동아일보문화센터
초청 강의.
길림성 민족문화상 수상, 중국 소수민족문학상 수상, 중국작가협회
우수편집 영예상 수상, 중국당대소수민족문학연구회 문학성과 1등상
수상, 중국당대소수민족문학연구회 원예사상 수상.
길림성장백산문예대상 수상, 미주시조월드대상 수상, 세계 시 낭송연
구회 금관상 수상.

· 주요논저 ·   『샘물이 흐른다』, 『만무과원 설레인다』, 『중국조선족 구전 민요집』,
『사랑의 꽃바구니』, 『두루미』, 『정다운 그 이름이여』, 『리상각 시선
집』, 『인생삼매』(역시), 『민들레 홀씨 둘이서』, 『시론과 시조론』, 『울
지를 않으마』, 『별 많은 하늘아래』, 『물빛으로 살고 싶다』, 『리상각
시선』(영문번역시), 『까마귀』, 『에밀레종소리』, 『북간도유머집』, 『달
빛이 내린다』 외 다수

리상각 시전집 (제1권 서정시 편)

· 초판 인쇄	2006년 7월 31일
· 초판 발행	2006년 7월 31일
· 지 은 이	리상각
· 펴 낸 이	채종준
· 펴 낸 곳	한국학술정보㈜
	경기도 파주시 교하읍 문발리 526-2
	파주출판문화정보산업단지
	전화 031) 908-3181(대표) · 팩스 031) 908-3189
	홈페이지 http://www.kstudy.com
	e-mail(출판사업부) publish@kstudy.com
· 등 록	제일산-115호(2000. 6. 19)
· 가 격	24,000원

ISBN   89-534-5482-4 93810 (Paper Book)
        89-534-5483-2 98810 (e-Book)